MIND unlimited LERNHILFE

D1873335

Wilfried Helms

Vokabeln lernen - 100 % behalten

Die erfolgreichen Tips zum Fremdsprachenlernen

Klassen 5–10

KERLE
MÜNCHEN
WIEN

© VERLAG KERLE
im Verlag Herder & Co., Wien 1995
Alle Rechte vorbehalten
Umschlag, Illustrationen, Layout: Ulf Marckwort, Kassel
Satz und Lithografie: Grunewald Satz & Repro GmbH, Kassel
Printed in Hungary

ISBN 3-85303-021-1

Inhaltsverzeichnis

Vom Nutzen der MIND UNLIMITED-Lernhilfe 4
Selbsttest Vokabelkenntnis 5
Wie Du dieses Buch benutzen kannst 7

KAPITEL 1
Schnell ein paar Vokabeln lernen 9
Wenig lernen – mehr behalten 9
Vokabeln lerngerecht einteilen 12
Die Turbo-Techniken 23

KAPITEL 2
Sinn-voll lernen 36
Alle Fähigkeiten einsetzen 37
Schwierige Vokabeln 43

KAPITEL 3
Richtig wiederholen 46
Wiederholen ist wichtig 46
Die Vokabelkartei 48
Karteikarten gekonnt beschriften 51
Das Vier-Wochen-Programm 60
Wiederholungen ohne die Kartei 68

KAPITEL 4
Schulbuchtexte – lustig, spannend, interessant 70
Schulbuchtexte auf Kassette 72
Texte verstehen – Unbekanntes klären 78
Training Aktives Zuhören 80
Den Text selber sprechen 85
Das Sprechen wird zum Erlebnis 86
Einsatz von Gestik und Mimik 90
Den Text mehrfach nebenbei anhören 93

KAPITEL 5
Spiele mit der Vokabelkartei 94

Vom Nutzen dieser Lernhilfe

Die Lernhilfe wendet sich an Schüler und Schülerinnen, die Erfolg beim Lernen haben wollen, ohne auf den Spaß zu verzichten. Und die dann, wenn es mal schnell gehen muß, den Stoff trotzdem sicher behalten wollen.
Selbstverständlich können Lehrer und Eltern dem Buch genauso Tips und Anregungen entnehmen, um den Schülern das Lernen angenehmer und erfolgreicher zu gestalten.
Die Lernhilfe ist entstanden aus den jahrelangen Erfahrungen unserer Ferienkurse „Das Lernen lernen“. Es sind die Lernstrategien aufgenommen, die den meisten Erfolg bringen und die gleichzeitig ohne zusätzlichen Zeitaufwand im Schulalltag unmittelbar anwendbar sind.
Manche werden der Lernhilfe ein paar Tips entnehmen und damit schon ihre Lernergebnisse entscheidend verbessern. Andere werden möglicherweise ihr Lernverhalten grundsätzlich ändern müssen, um zum Erfolg zu kommen. Gleichwie, die Lernhilfe ist flexibel einsetzbar, ob zum gelegentlichen Durchblättern oder zum regelrechten „Durcharbeiten“.
Wichtig ist nur, die Lernvorschläge tatsächlich auszuprobieren und dann zu entscheiden, ob sie zum persönlichen Lernstil passen. Denn so, wie man allein vom Lesen eines Bodybuilding-Buches keine Muskeln bekommt, entfaltet auch diese Lernhilfe ihren Nutzen nur in der praktischen Anwendung. Deshalb ist jedes Kapitel in sich abgeschlossen und in ein Trainingsprogramm aufgeteilt. Bei der Ausführung helfen die Tagesangaben: **1. TAG** **13.-20. TAG**

Ich wünsche viel Spaß

Wilfried Helms

P.S.: Anregungen, Verbesserungsvorschläge und Lob schicken Sie bitte direkt an MIND UNLIMITED.

Selbsttest Vokabelkenntnis

Wieviele der Vokabeln, die Du bisher lernen solltest, kannst Du wirklich? Alle? 80%? Die Hälfte? Oder noch weniger?
Hast Du darüber den Überblick? Wahrscheinlich nicht.

Mache doch bitte einmal eine Bestandsaufnahme.
Laß Dich von einem Partner abfragen, und zwar 50 Vokabeln aus den letzten 5 Lektionen, beginnend bei der vorletzten. **Dein Partner soll aber zuerst die „Hinweise zum Abfragen“ auf der nächsten Seite durchlesen!**

Überprüfe zunächst Deinen **passiven** Wortschatz. Der **passive** Wortschatz ist das, was Du an Wörtern **verstehst** aus der Zielsprache.
(Dein Partner nennt Dir das z.B. englische Wort, und Du sagst die deutsche Bedeutung.)

Trage hier Dein Ergebnis ein:

Von 50 Vokabeln habe ich ________ gewußt.

Jetzt überprüfe Deinen **aktiven** Wortschatz, also das, was Du selber in der Zielsprache **sprechen** kannst.
(Dein Partner nennt Dir also deutsche Wörter, deren z.B. englische Übersetzung Du nennen sollst.)

Trage hier wieder Dein Ergebnis ein:

Von 50 Vokabeln habe ich ________ gewußt.

Hast Du insgesamt bei den Erkundungen **weniger als 95 Vokabeln** gewußt? Dann solltest Du Vokabeln genauer lernen. Denn gute Vokabelkenntnisse verschaffen schnell gute Noten:

- „Einser“ und „Zweier“ im Vokabeltest machen einen guten Eindruck
- Klassenarbeiten werden um mindestens eine Note besser

Mit welchem Kapitel Du beginnen solltest, kannst Du anhand der Fragen auf der übernächsten Seite klären.

HINWEISE ZUM ABFRAGEN

Frage bitte die Vokabeln kreuz und quer ab. Vermeide, untereinander stehende Vokabeln nacheinander abzufragen.

Kommentiere nur die gewußten Vokabeln: Lobe!

Bei den nichtgewußten Vokabeln bitte nicht meckern oder auf andere Art und Weise eine mögliche Unzufriedenheit zeigen. Bleibe ruhig und ausgeglichen! Es geht hier ja um eine Erkundung, nicht um eine Hinrichtung! Außerdem fühlt sich Dein Partner ohnehin bei jeder nichtgewußten Vokabel von selbst unwohl. Das mußt Du nicht noch verstärken, oder?!

Tue aber bitte eines: Kreuze die nichtgewußten Vokabeln an. Die kann Dein Partner dann unter Anwendung einer der im folgenden vorgeschlagenen Methoden nachlernen!

Wie Du dieses Buch nutzen kannst

Das Buch ist in fünf Kapitel aufgeteilt. Die einzelnen Überschriften der Kapitel lauten:

1. Schnell ein paar Vokabeln lernen
2. Sinn-voll lernen
3. Richtig wiederholen – Zeit sparen, Erfolg gewinnen
4. Schulbuchtexte – lustig, spannend, interessant
5. Spiele mit der Vokabelkartei

Jedes Kapitel ist in sich abgeschlossen. Jedes Kapitel behandelt **ein** besonderes Problem beim Fremdsprachenlernen.
Du kannst also zielgenau vorgehen, wenn Du Tips zu Deinen speziellen Fragen brauchst.

KAPITEL 1

Kannst Du Vokabeln gut aus dem Buch lernen, hast aber immer das Gefühl, daß es zu viele auf einmal sind? Oder lernst Du gar nicht erst Vokabeln, weil Dir die Menge viel zu viel ist? Nervt es Dich, daß Dein Lehrer Dir mal von einem Tag auf den anderen einen ganzen Berg aufgibt, dann wieder tagelang gar keine Vokabeln? Hast Du überhaupt wenig Zeit, um all die Vokabeln zu lernen?

Wenn das Deine Schwierigkeiten sind, solltest Du die Tips in Kapitel 1 „Schnell ein paar Vokabeln lernen“ ausprobieren.

KAPITEL 2

Hast Du die Schwierigkeit, daß Dir die Vokabeln beim Lernen einfach nicht in den Kopf wollen? Findest Du Vokabeln lernen langweilig und öde? Kannst Du Dir bestimmte Vokabeln einfach nicht merken? Weißt Du manchmal, wo eine Vokabel im Buch steht, hast aber die Bedeutung vergessen?

Wenn das Deine Schwierigkeiten sind, helfen Dir die Tips in Kapitel 2 „Sinn-voll lernen“.

KAPITEL 3

Wiederholst Du Deine Vokabeln eigentlich? Und wenn ja: Kannst Du 100 Prozent? Oder hast Du die Schwierigkeit, daß Du abends beim Abfragen noch alle Vokabeln kannst, diejenigen vom Vortage und die aus früheren Lektionen aber vergessen hast? Mußt Du häufig Vokabeln aus früheren Lektionen neu lernen – oder kassierst Du in Klassenarbeiten viele Vokabelfehler?

Dann hilft Dir Kapitel 3 „Richtig wiederholen – Zeit sparen, Erfolg gewinnen". Dort findest Du Tips, wie und wann Du am besten wiederholst, 100 Prozent der Vokabeln behältst und dadurch besser in der Fremdsprache wirst.

KAPITEL 4

Magst Du nicht gerne übersetzen? Traust Du Dich nicht, in der Fremdsprache zu sprechen? Hast Du Schwierigkeiten, flüssig zu lesen? Möchtest Du gleichzeitig Grammatik und Vokabeln lernen?

Dann hilft Dir Kapitel 4 „Schulbuchtexte – lustig, spannend, interessant".

KAPITEL 5

In diesem Kapitel findest Du eine Menge Spielideen, wie Du Grammatik und Wortschatz lernen, üben und wiederholen kannst, ohne trocken über Deinem Buch zu brüten. Denn Lernen und Üben zu zweit oder mit vielen zusammen macht einfach mehr Spaß.

Kapitel 1: Schnell ein paar Vokabeln lernen

SIEBEN VOKABELN PRO TAG – DAS REICHT!

Lerne nur höchstens sieben Vokabeln auf einmal!

Denn alles, was wir lernen, muß durch unser sogenanntes „Ultrakurzzeitgedächtnis“. Dieses Gedächtnis behält Informationen nur sehr kurz, eben „ultrakurz“. Deshalb kann es auch nur einige wenige Informationen verarbeiten. Nämlich höchstens sieben Stück. Und deshalb mein Ratschlag: Wenn Du keine Zeit vergeuden willst, lerne höchstens sieben Vokabeln auf einmal – denn mehr behältst Du sowieso nicht.

Um das Gesagte auszuprobieren, kannst Du ein Experiment machen.

LERN-EXPERIMENT I

I. TAG

Unten findest Du drei Zahlenreihen.

Nimm Dir nur die erste Reihe vor.

Lies Dir die Zahlen langsam, in gleichbleibendem Abstand und laut vor. **Lies sie nur einmal!**

Jetzt klappe die Lernhilfe zu und schreibe die gelesenen Zahlen **in der Reihenfolge** auf.

TIP

Laß Dir die Zahlen von jemand langsam vorlesen!

Dann mache das Gleiche mit der zweiten Zahlenreihe. Danach mit der dritten.

Hier sind die Zahlenreihen:

6 Zahlen: **3 7 1 9 4 6**

9 Zahlen: **4 9 1 12 7 3 8 5 11**

12 Zahlen: **8 13 5 2 9 1 7 11 3 6 10 4**

Auswertung des Experiments:

Wenn Du alles genau befolgt hast, wird Dein Ergebnis ungefähr so aussehen:
Die erste Zahlenreihe konntest Du wiederholen, vielleicht hast Du Dich einmal geirrt.
Bei der zweiten Zahlenreihe hast Du nicht alle neun Zahlen gewußt, sondern höchstens sieben. Wahrscheinlich aber entschieden weniger.
Bei der dritten Zahlenreihe hast Du bestimmt weniger als sieben Zahlen gewußt, wahrscheinlich mittendrin frustriert aufgehört.

Dies gilt für alles, was Du lernen willst. Du kannst Dir höchstens sieben Informationen auf einmal merken! Lernst Du mehr, vergißt Du alles!

LERN-EXPERIMENT 2

Probiere diese „Sperre" jetzt gleich einmal mit deutschen Wörtern aus.
Bitte lerne die folgenden 20 Wörter **in 2 Minuten in der gegebenen Reihenfolge** auswendig.
Sage sie anschließend auf.

Los geht's. Du hast zwei Minuten Zeit:

Fluß; Blüte; Sessel; Hubschrauber; Wurzel; Rinnsal; Bank; Schiff; Tisch; Bach; Knospe; Eisenbahn; Stuhl; Stengel; Kanal; Blatt; Flugzeug; Sofa; Auto; Strom.

Klappe das Buch zu, zähle bis 10 und sage dann die 20 Wörter auf.

Ergebnis: Du kannst wiederum höchstens sieben Wörter in der Reihenfolge wiederholen.

VOKABELN – SCHNELL, SICHER UND ERFOLGREICH

TIP 1

Nur 5–7 Vokabeln auf einmal lernen! Je weniger Du auf einmal lernst, umso mehr behältst Du.

TIP 2

Wenn der Lehrer auf einmal z.B. 35 Vokabeln aufgibt, dann teile sie Dir in 5 Päckchen zu je 7 Stück auf.

Mache zwischen jedem Päckchen mindestens 20 Minuten Pause oder tue etwas ganz anderes (z. B. Hausaufgaben in anderen Fächern). So sicherst Du Dir einen hohen Lernerfolg.

Auf den nächsten Seiten findest Du als kleine Hilfe einen Wochen- und einen Tagesplaner fürs Vokabellernen.

TIP 3

An Wochenenden und in den Ferien brauchst Du keine Vokabeln lernen.

Es reicht auch von den Anforderungen der Schule her, wenn Du täglich von montags bis freitags pro Fremdsprache nur sieben Vokabeln lernst. Das macht pro Jahr nämlich ca. 1300 Vokabeln. Die Schule verlangt aber bloß ca 1200 Vokabeln pro Fach und Jahr (außer in Bayern, da mußt Du täglich pro Fremdsprache ca. 8 Vokabeln lernen)!

TIP 4

Lies Dir morgen die Seiten 23 und 24 durch, da erfährst Du, wie Du Dein Ultrakurzzeitgedächtnis austricksen und 20, 30, 40 und mehr Vokabeln auf einmal lernen kannst.

Genug für heute! Morgen geht es auf der nächsten Seite weiter! (Oder, wenn Du Tip 4 beherzigen möchtest, auf Seite 23).

Vokabeln lerngerecht einteilen

2. TAG

BENUTZE EINEN WOCHEN- UND TAGESPLAN

Was, auch noch einen Plan machen?

Ja! Die Planung kostet Dich zwar am Anfang mehr Zeit. Weil es wahrscheinlich für Dich ungewohnt ist.

Aber später, nach zwei, drei Wochen, ist das eine Arbeit von fünf Minuten. Dafür hast Du dann den Überblick über Dein Vokabelprogramm, hast eine lerngerechte Einteilung (100% behalten!), lernst niemals zu viel und weißt immer, was Du zu tun hast.

Du findest auf den nächsten Seiten:

- einen ausgefüllten Beispiel-Wochenplan
- einen leeren Übungsplan, den Du selbst ausfüllen sollst (Dein Trainingsprogramm)
- einen leeren Wochenplan, den Du kopieren und fortan für Deine Planungen benutzen kannst

und Du findest auf Seite 17 einen Brief an Deinen Lehrer/Deine Lehrerin mit der Bitte, Dich bei Deinem Programm zu unterstützen.

Gehe nun wie folgt vor:

1. Schritt: Schaue Dir den ausgefüllten Plan auf Seite 14 an. So sollst Du nun Deinen Trainingsplan für die kommenden fünf Tage ausfüllen!

2. Schritt: Überlege Dir, in welchem Fach Du 35 Vokabeln in den nächsten fünf Tagen nach dem Plan lernen willst.

Mein Tip: Nimm Dir zuerst diejenigen vor, die Du beim Abfragen (Erkundung auf Seite 5) nicht gewußt hast. Sie sind hoffentlich markiert worden! Schreibe Dir täglich sieben von ihnen auf einen Zettel (oder ins Vokabelheft, wenn Du eines führst). Lerne sie entsprechend. Wenn es weniger als 35 Vokabeln waren (fünf Trainingstage mal sieben Vokabeln), nimm die restlichen Vokabeln für Deine Trainingswoche aus der aktuellen Lektion.

Oder Du nimmst die Vokabeln, die Du ohnehin gerade aufbekommen hast oder in der nächsten Woche aufbekommen wirst.

3. Schritt: Fülle den Plan jetzt entsprechend aus und starte morgen mit dem Lernen.

BELOHNUNG

Weil diese Planung eine Menge Extra-Arbeit ist, hast Du Dir eine Belohnung verdient. Wenn Du jeden Tag sieben Vokabeln lernst und in sechs Tagen mindestens 31 der 35 Vokabeln kannst, erfüllt Deine Mutter/Dein Vater Dir folgenden kleinen Wunsch (z.B. Lieblingsessen kochen, eine Kinokarte, länger aufbleiben dürfen,... überlege Dir Deinen persönlichen kleinen Wunsch!):

(bitte hier eintragen)

____

____

ERFOLGSTIP

Wiederhole die gelernten Vokabeln des Tages jeweils am Abend!
Wiederhole die am Vortag gelernten Vokabeln jeweils einen Tag später noch einmal!
Wiederhole alle Vokabeln noch einmal am Ende des 5. Tages!

Wenn Du es noch nicht getan hast, dann fülle jetzt Deinen Trainingsplan auf der übernächsten Seite aus und starte morgen!

Das Programm für die nächsten Tage:

Lernen der Vokabeln (Plan auf Seite 15) **3.-7. TAG**

Abfragen der Vokabeln **8. TAG**

BEISPIEL

Mein Lernplaner „Vokabeln“

TAG	ZU LERNENDE VOKABELN	WANN LERNEN	ERLEDIGT
MONTAG	ENGLISCH, LEKTION 23 VOKABELN 1-7	AM ANFANG DER HAUSAUFGABEN	
	LATEIN, LEKTION 7, VOKABELN 15-22	UM SIEBEN, NACH "STAR TREK"	
DIENSTAG	ENGLISCH, VOK. 8-16	IN DER 5. STUNDE	
	LATEIN, VOK. 23-30	VOR DEM TANZKURS	
MITTWOCH	ENGLISCH, VOK. 17-22	VOR'M TENNIS	
	LATEIN, VOK. 31-40	VOR'M ZUBETTGEHEN	
DONNERSTAG	ENGLISCH, VOK. 23-31	AM ANFANG DER HAUSAUFGABEN	
	LATEIN, VOK. 41-45	AM ENDE DER HAUSAUFGABEN	
FREITAG	ENGLISCH, VOK. 32-38	VOR DEM ABENDESSEN	
	LATEIN ———	———	

Mein Trainingsprogramm für die nächsten 5 Tage

TAG	ZU LERNENDE VOKABELN	WANN LERNEN	ERLEDIGT
1. TAG			
2. TAG			
3. TAG			
4. TAG			
5. TAG			

Mein Lernplaner „Vokabeln"

TAG	ZU LERNENDE VOKABELN	WANN LERNEN	ERLEDIGT
MONTAG			
DIENSTAG			
MITTWOCH			
DONNERSTAG			
FREITAG			

Liebe Kollegin, lieber Kollege!

Schüler und Schülerinnen, mit denen wir unser Vokabel-Training auf Wochenend- und Tageskursen durchführen, stöhnen immer wieder, daß sie soviel auf einmal lernen müssen.
Das ist einerseits sicherlich durch ständiges Aufschieben selbstverschuldet, andererseits bisweilen aber auch durch die Praxis hervorgerufen, den Schülern und Schülerinnen von heute auf morgen einen Batzen Vokabeln aufzugeben.

Testen Sie doch einmal, ob Ihre Schüler und Schülerinnen die Vokabeln besser lernen, wenn Sie ihnen jeweils ca. 7 Vokabeln pro Tag aufgeben.
Sollten Sie jeden Tag in der Klasse unterrichten, läßt sich dies optimal machen und durch entsprechende kurze Vokabeltests begleiten.
Sollten Sie nicht jeden Tag in der Klasse sein, geben Sie den Schülern doch – vielleicht an Hand des hier im Buch vorliegenden Planers – detailliert vor, wann sie welche Vokabeln wissen sollten.

Unsere Erfahrung ist, daß Schüler und Schülerinnen aller Altersstufen eine solche Planungshilfe gerne annehmen, da sie sich selbst anfangs mit der Planung von Aufgaben schwer tun.

Daß solche Planung nützlich ist, vor allem auch im späteren Berufsleben, liegt auf der Hand.

Sicherlich wird nicht die ganze Klasse die Hilfe des verteilten Lernens annehmen, und einige werden auch weiterhin Vokabeln auf den letzten Drücker und damit schlecht lernen. Aber denjenigen, die eigentlich lernen wollen, vor dem großen Berg aber kapitulieren, helfen Sie sicherlich. Einen Versuch ist es allemal wert!

9. TAG

ERFOLG GEHABT?

Zunächst einmal hoffe ich, Dir herzlich zu Deinem Lernerfolg der letzten fünf Tage gratulieren zu können!

Wenn Dir die Planung geholfen hat, dann setze sie jetzt weiter fort. Bis Du die Planung „automatisch“ drauf hast, werden noch einige Wochen vergehen – vielleicht Monate. Die Fähigkeit und Ausdauer zur Planung ist etwas, was viele Menschen sich hart erarbeiten müssen – aber Planung spart Zeit und schafft Erfolg! Deshalb bleibe bitte am Ball. Und wenn Du mal eine Woche nicht planst, dann fange die nächste wieder mit Planung an! Laß nicht locker!
Übrigens: Diese Vokabelplanung kannst Du auch als Grundstock für die Planung Deiner Hausaufgaben insgesamt machen! Wie das genau funktioniert, kannst Du in unserem Buch „Hausaufgaben erledigen“, das ebenfalls in dieser Reihe erschienen ist, nachlesen!

Jetzt sollst Du gleich erfahren, wie Du 30 und mehr Vokabeln an einem Tag lernst.

Bis morgen 30 Vokabeln lernen...

30 VOKABELN VON HEUTE AUF MORGEN?

Nur ruhig Blut!

Jetzt geht es um das Problem, was Du machst, wenn Dein Lehrer Dir von heute auf morgen 30 Vokabeln aufgibt und auch noch einen Vokabeltest ankündigt.

Die Erfolgslösung: Über den Tag verteilen!

Verteile die 30 Vokabeln auf vier oder fünf Päckchen (entweder 5 Päckchen zu je 6 Vokabeln oder vier Päckchen mit jeweils 7 – 8 Vokabeln) und verteile diese Päckchen über den Tag!

Beachte dabei folgendes:

1. Die Lernzeiten sollten an markanten Punkten Deines Tagesablaufes liegen, die mit Sicherheit stattfinden werden. Dazu gehören zum Beispiel:

- eine Freistunde
- die Heimfahrt im Schulbus/Zug/Auto
- die erste oder letzte Hausaufgabe
- die Zeit zwischen Deutsch und Mathe-Hausaufgabe
- die Zeit unmittelbar vor dem Spielengehen
- die Zeit unmittelbar vor/nach einer Fernsehsendung
- die Zeit vor dem Schlafengehen
- die Zeit vor dem Abendessen

Was fällt Dir noch ein für Deinen Tagesablauf?

____

____

____

____

____

2. Die Vokabeln sollten nicht unmittelbar vor oder hinter einer anderen Fremdsprache gelernt werden (Gefahr des Verwechselns durch Ähnlichkeitshemmung).

3. Zwischen den einzelnen Blocks sollten 10–20 Minuten liegen.

Deine Aufgabe für den Tag X, wenn Dein Lehrer Dir von heute auf morgen 30 Vokabeln aufgibt:
Lerne diese 30 Vokabeln dann über den ganzen Nachmittag verteilt. Nutze dazu den Tagesplaner auf Seite 22. Du kannst ihn übrigens kopieren! Schon gemacht?

Deine Belohnung fürs verteilte Lernen (bitte eintragen):

____

____

____

____

____

____

____

Wenn Dir das verteilte Lernen über den ganzen Nachmittag hinweg zu mühselig ist, dann kannst Du ab Seite 23 die Turbo-Tricks zum Vokabellernen kennenlernen: 20, 30, 40 und mehr Vokabeln in einem Rutsch in einer halben Stunde....

Morgen erfährst Du diese Tricks!

BEISPIEL

Mein Tagesplaner „Erfolgreich Vokabeln lernen"

ETAPPE	ZU LERNENDE VOKABELN	WANN LERNEN	ERLEDIGT
1. ETAPPE	INSGESAMT: 30 STÜCK (PUH!!) VOK. 1-6	BEIM WARTEN AUF DEN SCHULBUS	
2. ETAPPE	VOK. 7-13	NACH DEM MITTAG-ESSEN	
3. ETAPPE	VOK. 14-20	ALS EIN-STIEG IN DIE HAUS-AUFGABEN	
4. ETAPPE	VOK. 21-26	NACH "STAR TREK"	
5. ETAPPE	VOK. 27-30	VOR'M ZUBETT-GEHEN	

Mein Tagesplaner „Erfolgreich Vokabeln lernen"

ETAPPE	ZU LERNENDE VOKABELN	WANN LERNEN	ERLEDIGT
1. ETAPPE			
2. ETAPPE			
3. ETAPPE			
4. ETAPPE			
5. ETAPPE			

Die Turbo-Techniken

LERNEXPERIMENT 3

10. TAG

Lerne bitte die folgenden 20 Wörter in 2 Minuten auswendig:

Reihe 1	Reihe 2	Reihe 3	Reihe 4
Fluß	**Blüte**	**Tisch**	**Auto**
Strom	**Stengel**	**Stuhl**	**Hubschrauber**
Bach	**Blatt**	**Bank**	**Eisenbahn**
Kanal	**Wurzeln**	**Sofa**	**Flugzeug**
Rinnsal	**Knospe**	**Sessel**	**Schiff**

Ergebnis: Jetzt kannst Du wahrscheinlich 15 Wörter oder mehr wiederholen. Mindestens aber über sieben – und damit hättest Du bereits Dein Ultrakurzzeitgedächtnis überlistet. Es sind übrigens die gleichen Wörter wie auf Seite 10, nur geordnet.

Wenn nämlich etwas unter einen Oberbegriff geordnet ist, dann nimmt das Ultrakurzzeitgedächtnis den Oberbegriff als **eine einzige** Information auf.
Die 20 Wörter oben wären also für das Ultrakurzzeitgedächtnis bloß die vier Informationen Gewässer, Pflanzenteile, Möbel und Fortbewegungsmittel, welche man als Oberbegriffe wählen könnte.

Wichtig ist: Ordnung erleichtert das Lernen!

Du kannst auf folgende Weise Ordnung ins Vokabellernen bringen:

Der Geschichten-Turbo: Vokabeln, die scheinbar nichts miteinander zu tun haben, zu einer Geschichte verbinden. Die Geschichte, ihr „roter Faden", genügt als Ordnungsträger.

Der Wortfeld-Turbo: Vokabeln in sinnvoller Weise einander zuordnen (wie oben im Experiment).

Der Wege-Turbo: Vokabeln mit markanten Punkten im eigenen Zimmer oder auf dem Schulweg verknüpfen (auch als „Loci-Technik" bekannt, von lateinisch: locus = der Ort).

Der Anker-Turbo: Vokabeln mit einer für einen Gegenstand oder ein Lebewesen typischen Zahl verknüpfen, z.B. mit den zwölf Stunden einer Uhr, den acht Beinen einer Spinne, den sieben Zwergen....

Wie diese Turbo-Techniken im einzelnen funktionieren, erfährst Du auf den nächsten Seiten.
Das bedeutet für Dich: Neugier hin oder her, morgen erst geht es weiter!

Trick 1: Der Geschichten-Turbo

Der rote Faden einer Geschichte bildet für Dein Gehirn eine „Ordnung". Deshalb kannst Du sehr viele Vokabeln auf einmal lernen, wenn Du sie zu einer zusammenhängenden Geschichte verbindest.

Das sollst Du gleich einmal üben.

MACHE BITTE FOLGENDES EXPERIMENT

- Bitte bilde **auswendig** aus den folgenden zwanzig Wörtern innerhalb von **fünf Minuten** eine zusammenhängende Geschichte.
- Vermeide Aufzählungen und Reihungen (z.B.: Ich saß auf einer Bank und sah eine Katze, einen Fluß, einen Ofen, eine Straßenbahn). Denn solche ungeordneten Reihungen vergißt das Gehirn gleich wieder.
- Verknüpfe die einzelnen Wörter durch sinnvolle Handlungen (Ich **saß** auf der Bank **neben meiner** Katze. Wir **schauten** auf den Fluß...).
- Stelle Dir die Geschichte als **Film vor dem geistigen Auge** vor.
- Versuche, die Geschichte „mit Händen und Füßen" zu erzählen.
- Versuche anschließend, sie **auswendig** zu erzählen.

Hier die 20 Wörter (auf der nächsten Seite findest Du eine Beispielgeschichte):
Bank; Katze; Fluß; Ofen; Straßenbahn; gelb; Berg; Gebetsbuch; Zigarre; Teppich; Zahnbürste; Weinflasche; seltsam; niemals; turnen; Messer; Flugzeug; Rucksack; Klavier; Erdbeere

Nun, hast Du die Geschichte soweit erzählen können, daß Du wenigstens 8 Wörter unterbringen konntest? Dann hättest Du nämlich Dein Ultrakurzzeitgedächtnis überlistet, und das Experiment ist gelungen.

Oder war die Zeit zu knapp? Hattest Du keine Phantasie für eine Geschichte? Kein Problem, Phantasie ist lernbar und ebenso reine Übungssache!

Auf der nächsten Seite findest Du eine Beispielgeschichte auf Kauderwelsch. Lies sie bitte durch.

KAUDERWELSCH HILFT LERNEN

„Ich spreche aber Englisch noch gar nicht so gut, daß ich schon Geschichten erzählen könnte!"

Nun, ein guter Einwand. Du kannst aber ruhig deutsch-englischen Kauderwelsch reden. Wichtig ist nur, daß die **zu lernenden Vokabeln** in der Zielsprache gebraucht werden und Du die Geschichte wie einen Kinofilm vor Augen hast. Die Geschichte könnte jetzt so heißen (mit den 20 Wörtern von Seite 25 auf englisch):

„Ich saß auf einer **bench** zusammen mit meiner **cat**. Wir schauten auf einen breiten **river**. Weil es kalt war, hätten wir uns gerne an einem **stove** gewärmt. War aber keiner da. Plötzlich kam eine **tram**, die sah **yellow** wie eine Zitrone aus. Die **cat** und ich hinein in die **tram**, denn wir dachten, da sei es warm drin. Leider fuhr die **tram** auf einen **mountain**, wo es furchtbar kalt war. Ein Priester gab mir sein **prayer-book**, und ich dachte, was soll das denn? Aber als ich das **prayer-book** aufschlug, war da eine **cigar** drin, die ich sofort rauchte. Mir wurde schon wärmer, und ein freundlicher Araber gab mir seinen Gebets-**carpet**, in den ich mich einhüllte. Um den Geschmack von der **cigar** loszuwerden, nahm ich meine **toothbrush**, tunkte sie in **a bottle of wine** und schrubbte gründlich meine Zähne. Das gab einen **strange** Geschmack, und ich schwor, daß ich **never** wieder eine **cigar** rauchen würde. Um warm zu bleiben, sagte ich mir: „**Do gymnastics**!" Inzwischen war die **tram** auf dem **mountain** angekommen. Gerade schnitzte ich mit einem **knife** aus dem **prayer-book** ein **aeroplane**, als ich spürte, daß ich hungrig war. Aber meinen **rucksack** hatte ich zu Hause auf dem **piano** vergessen... und dabei waren da so leckere **strawberries** drin...mir blieb also nichts anderes übrig, als zusammen mit meiner **cat** zu warten, bis die **tram** wieder nach Hause fuhr."

Je besser Du die Zielsprache kannst, umso mehr Worte aus dieser Sprache kannst Du ja einflechten.

Auf der nächsten Seite findest Du Anregungen, wie Du Deine Geschichten-Phantasie beflügeln kannst. Falls Dir eben beim Experiment nichts eingefallen ist.

Ansonsten: Mache morgen weiter auf Seite 28. Dort findest Du für die nächsten vier Tage ein Übungsprogramm „Geschichten-Turbo".

TIPS, UM DIE KREATIVITÄT ZU STEIGERN

Drei-Wort-Geschichten

Erfinde zu jeder Wort-Dreiergruppe eine Geschichte, die mindestens 10 Sätze lang ist:

Apfel – Junge – Abendessen

Fahrrad – Straße – Graben

Seehund – Berg – Auto

Gurkenglas – Elefant – Mondlandung

Familienspiel „Unendliche Geschichte"

Setzt euch in der Familie oder mit Freunden zusammen. Jeder hat fünf Karteikarten. Auf jede Karte wird nun ein Wort geschrieben.

Einer fängt an, legt seine erste Karte auf den Tisch und beginnt, mit dem Wort den ersten Satz einer Geschichte zu erzählen. Der nächste legt seine erste Karte hin, wiederholt die bisherige Geschichte und setzt sie mit seinem Wort fort. Die Geschichte wird jedesmal wiederholt, wenn eine Karte abgelegt wird. Je mehr Leute mitspielen, umso länger wird die Geschichte natürlich...

TIP

Der Geschichten-Turbo ist noch aus einem weiteren Grund genial:
Du kannst nämlich Deine Geschichte überall, wo Du stehst und gehst, wiederholen: Beim Musikhören, beim Spazierengehen, beim Spülen, im Schulbus...wo auch immer.
Und damit wiederholst Du natürlich auch Deine Vokabeln und kannst sie somit 100%ig, ohne daß Du ständig Dein Buch oder Vokabelheft dabeihaben mußt!

12.-15. TAG

EINÜBUNG DES GESCHICHTEN-TURBO

Nimm Dir Dein Englisch-, Französisch- oder Lateinbuch vor und lerne in den nächsten vier Tagen jeweils 12 Vokabeln mit der Geschichten-Technik. Auf der nächsten Seite findest Du Deinen Übungsplan.

Du kannst die Vokabeln in verschiedenen Fächern lernen oder in einem. Du kannst auch ruhig Vokabeln lernen, die erst noch drankommen, wenn Du gerade in den nächsten vier Tagen keine Vokabeln aufhast.

Trage bitte jeweils die 12 Vokabeln (nur in der Fremdsprache) beim Lernen hier ins Buch ein (mit Bleistift). Das hilft Dir, Dich zu erinnern.

Bilde jeweils zusammenhängende, möglichst witzige Geschichten.

Wiederhole die Geschichte bitte mindestens 4x am Tag! Erfinde vier Tage lang Geschichten. Auf der nächsten Seite ist Dein Übungsplan.

Übungsplan „Geschichten“ 12. – 15. Tag:

1. TAG	2. TAG	
VOKABELN	GEWUSST	
	JA	NEIN
1.		
2.		
3.		
4.		
5.		
6.		
7.		
8.		
9.		
10.		
11.		
12.		

2. TAG	3. TAG	
VOKABELN	GEWUSST	
	JA	NEIN
1.		
2.		
3.		
4.		
5.		
6.		
7.		
8.		
9.		
10.		
11.		
12.		

3. TAG	4. TAG	
VOKABELN	GEWUSST	
	JA	NEIN
1.		
2.		
3.		
4.		
5.		
6.		
7.		
8.		
9.		
10.		
11.		
12.		

4. TAG	5. TAG	
VOKABELN	GEWUSST	
	JA	NEIN
1.		
2.		
3.		
4.		
5.		
6.		
7.		
8.		
9.		
10.		
11.		
12.		

Trick 2: Der Wortfeld-Turbo

16. TAG

In den nächsten drei Tagen kannst Du es sehr ruhig angehen lassen. Die nächsten Seiten brauchst Du nur zu lesen. Ob Du die vorgeschlagenen Turbos anwenden willst, überlasse ich Dir. Probiere sie einfach mal bei Gelegenheit aus!

Wortfelder ergeben sich, wenn Du zu einem Oberbegriff passende Unterbegriffe findest.

Beispiele:

Familie: Vater, Mutter, Sohn, Tochter, Bruder, Schwester, Tante, Onkel, Opa, Oma, Enkel, Nichte, ...

Haustiere: Katze, Hund, Wellensittich, Meerschweinchen, Hamster, Maus, Ratte, ...

Ein Wortfeld ergibt sich auch, wenn Du die **Bestandteile** einer Sache aufschreibst:

Auto: Kühler, Windschutzscheibe, Kotflügel, Blinker, Scheinwerfer, Kofferraum, Reifen, Dach, ...

Auch **Abläufe** ergeben ein Wortfeld:

Mein Tag: aufstehen, waschen, anziehen, frühstücken, zur Schule gehen, lernen, zu Mittag essen, ...

Wenn Du solche Wortfelder zusammenstellst, kannst Du Dein Vokabellernen wesentlich beschleunigen. Denn geordnete Vokabeln lassen sich schneller lernen!

Bitte lies noch die nächsten 2 Seiten. Dort findest Du die Tips zur Anwendung.

ANWENDUNG DES WORTFELD-TURBO

Im normalen Unterricht läßt sich diese Technik hauptsächlich im Anfangsunterricht und dann wieder bei fortgeschrittenen Klassen anwenden, wenn Du z.B. selber Referate halten mußt. In den mittleren Klassen (2. – 4. Lernjahr) sind die neuen Vokabeln so durcheinander, daß Du kaum Chancen hast, Wortfelder zu bilden.

Für Anfänger:

Im Anfangsunterricht tauchen innerhalb einer Lektion viele Vokabeln auf, die Du zu einem Wortfeld zusammenfassen kannst. Schreibe die Wörter dazu auf Karteikarten und lege sie im Kreis oder untereinander hin. Durch das geordnete Lernen sparst Du viel Zeit.

Für Fortgeschrittene:

Wenn Du selbst Referate oder Aufsätze in der Fremdsprache schreiben mußt, dann ist diese Technik sehr nützlich. Schreibe Dir auf, welches Fachvokabular Du zu Deinem Thema brauchst. Was Du schon in der Fremdsprache kannst, schreibe auch in der Fremdsprache auf, das andere kannst Du erst mal in Deutsch hinschreiben und dann nachschlagen.

Für Wißbegierige aller Klassen:

Du kannst aber auch den Lehrer bitten, Dir zu einem Wortfeld zusätzliche Vokabeln zu nennen. Wenn im Schulbuch zum Wortfeld „animals" z.B. nur hen, cow, dog auftauchen, bitte Deinen Lehrer Dir zu sagen, was denn Ziege, Schaf, Hahn, Bulle, Schwein, Kaninchen, usw. bedeuten.

Die Zeitersparnis: Du lernst jetzt zwar etwas mehr Vokabeln als nötig, aber durch das Wortfeld in extrem kurzer Zeit. Wenn die Vokabeln in späteren Lektionen drankommen, brauchst Du sie nicht mehr einzeln und zeitaufwendig zu lernen.

TIP

Wenn Du das Wortfeld auf zwölf Wörter beschränkst, hilft Dir diese feste Zahl, genau zu überprüfen, ob Du alle Vokabeln noch weißt.
Am besten funktioniert die Erstellung von Wortfeldern, wenn Du die Wörter auf Karteikarten schreibst. Dann kannst Du frei hin und her schieben. Die Wortfeld-Technik eignet sich so auch für ein Familienspiel am Abend.

Trick 3: Der Wege-Turbo

Bei dieser Technik verknüpfst Du einfach markante Punkte auf einem Dir gut bekannten Weg (z.B. Schulweg) mit den zu lernenden Vokabeln.

Du sollst folgende Vokabeln lernen (original aus einem Englisch-Buch): crime (Verbrechen), drug (Droge), and so on (und so weiter), subway (U-Bahn), stranger (Fremder), race (Rasse), skyscraper (Wolkenkratzer), incredible (unglaublich) to wander (umherwandern).

Die markanten Punkte meines Schulweges früher waren: Haustür, Hundezwinger, Geräteschuppen, Einmündung zur Hauptstraße, Tischlerei, Bushaltestelle, Schulbus, Warteraum in der Schule, Klassenzimmer.

Folgendes passiert nun auf dem Schulweg, wobei ich mir alles **vor dem geistigen Auge vorstelle**:

Haustür:	direkt davor wird ein **crime** begangen
Hundezwinger:	mein Hund kläfft wie blöde, hat wohl **drugs** genommen
Geräteschuppen:	wieviele Geräte! Harken, Besen, Spaten, Sensen, **and so on**
Einmündung:	Riesenbaustelle! Blick nach unten: hier wird eine **subway** gebaut.
Tischlerei:	aha, da steht ein **stranger**, dunkelhäutig, wohl eine andere **race**
Bushaltestelle:	boah! dahinter ist über Nacht ein **skyscraper** gebaut worden!
Bus:	keine Sitze im Bus! **Incredible!**
Warteraum:	wie im Bus: keiner kann sitzen, für alle gilt: **wander!**

Auch dies ist eine Technik, mit der Du schnell ein paar Vokabeln lernen kannst. Wichtig ist, daß Du Dir genau vorstellen kannst, an **welchen** Punkten **was** passiert.
Wenn zwei Vokabeln gut zusammenpassen (**stranger** und **race** zum Beispiel), kannst Du sie gemeinsam mit einem Punkt verknüpfen.
Du kannst auch markante Punkte in eurem Haus oder Deinem Zimmer nehmen.

Morgen erfährst Du, wie der Anker-Turbo läuft!

Trick 4: Der Anker-Turbo

18. TAG

Die Anker-Technik ist eine besondere Form der Geschichten-Technik. Hier verbindest Du die Vokabeln mit Dingen, die für eine bestimmte Zahl stehen:

z. B.
die **sieben** Zwerge
die Spinne mit **acht** Beinen
was sieht das Neunauge mit seinen **neun** Augen
die **zehn** Gebote
die **elf** Spieler einer Fußballmannschaft
die **zwölf** Stunden einer Uhr

Der Vorteil der Anker-Technik: Du weißt immer ganz genau, an wieviel Vokabeln Du Dich erinnern mußt, Lücken können so gleich entdeckt werden. Und sie ist eine Abwechslung zur freien Geschichten-Technik.

Der Riesenvorteil all dieser Methoden: Du kannst überall, wo Du gerade stehst oder gehst, Dir die Geschichten wieder aufsagen – und damit die Vokabeln wiederholen, einüben und festigen.
Egal, ob Du Fußball spielst, den Hund Gassi führst, beim Putzen hilfst: überall bist Du beim Vokabellernen, ohne daß Du dafür extra Zeit aufwenden mußt!

Diese Erfahrungen haben unsere Kursteilnehmer mit den Geschichten-Techniken gemacht:
„Mit den Geschichten macht mir Vokabeln lernen mehr Spaß."
„Früher dachte ich, ich wär' phantasielos. Jetzt weiß ich, daß das nicht stimmt."
„Weil ich mir die Geschichten öfters am Tage wiederhole, kann ich die Vokabeln jetzt viel besser."
„Früher hab' ich mich bei 30 Vokabeln gar nicht erst hingesetzt. Aber jetzt weiß ich ja, wie ich die in 10 Minuten packe."
„Ich trau' mich, mehr auf Englisch zu reden."
„Ich hab' zu Hause keinen Streß mehr mit Abfragen. Ich erzähl meiner Mutter einfach eine Geschichte. Das ist für beide lustiger."

STOP!
Genug für heute. Du kannst die Lernhilfe drei Tage weglegen. Übe in dieser Zeit Geschichten erfinden. In drei Tagen erfährst Du alles über sinn-volles Lernen.

SINN-LOSES LERNEN

Kapitel 2: Sinn-voll lernen

SINN-VOLLES LERNEN

Wenn Du **so** lernst, freuen sich Deine Sinne und Lernen macht Spaß:

- Die Augen dürfen den „apple" sehen.
- Die Ohren dürfen das Wort „apple" hören und schon das Schmatzen ahnen.
- Die Muskeln dürfen sich bewegen, sich nach dem „apple" strecken.
- Die Gefühle dürfen sich regen, den „apple" fühlen und schmecken.
- ...und alle Sinne zusammen dürfen eine lebendige Situation erleben.

Sinn-volles Lernen

1. TAG

Mit allen Sinnen lernen – das ist der beste Weg, eine Sprache zu lernen. Das hast Du Dir übrigens selbst schon bewiesen:
Deine Muttersprache hast Du ohne Vokabeln pauken und Grammatik büffeln gelernt – allein dadurch, daß jedes Wort, jeder Satz sehr konkret mit einer Vorstellung, einer Erfahrung, einer bestimmten Situation oder einem Erlebnis verbunden war.

ALLE FÄHIGKEITEN EINSETZEN

Du solltest versuchen, entsprechend der Bedeutung der Vokabeln

- Dir die Bedeutung vor dem **geistigen Auge vorzustellen**
- Dir ein Bild/eine Zeichnung/die Wirklichkeit **anzugucken** und zu **beobachten**
- ein passendes Geräusch zu **hören**
- etwas zu **riechen** oder zu **schmecken**
- die Beschaffenheit einer Sache zu **fühlen**
- sie durch **Gestik und Mimik** auszudrücken
- die Bedeutung zu **malen** oder zu **zeichnen**
- sie durch **Schauspielerei** auszudrücken
- die Bedeutung durch **Geräusche** oder **Intonation** nachzuahmen

LERNERFOLG STEIGERN – ZEIT SPAREN

Kostet es nicht zuviel Zeit, so zu lernen? Gibt es nicht viele Vokabeln, die man gar nicht so lernen kann ?

Weder noch. Natürlich dauert es etwas länger, Vokabeln so zu **lernen**. Aber das **Behalten** fällt entsprechend leichter, so daß Du die Vokabel weniger häufig wiederholen mußt. Und darin liegt eine große Zeitersparnis. Nebenbei macht sinn-volles Lernen Spaß.

Es gibt übrigens keine Vokabeln, die nicht auf diese Weise lernbar wären. Da Sprache nur ein Mittel ist, die Welt um uns herum und in uns zu erklären, muß jedes Wort ein Gegenstück in der Natur haben – und sei es noch so abstrakt oder ein noch so verwirrendes Fremdwort!

SPIELREGELN FÜR SINN-VOLLES LERNEN

Wenn Du ab jetzt sinn-voll lernst, dann beherzige die folgenden Spielregeln:

1. Ich lerne höchstens sieben Vokabeln auf einmal (warum, erfährst Du in Kapitel 1).

2. Ich schreibe mir die zu lernenden Vokabeln auf Karteikarten, um mehr Handlungsfreiheit zu haben (das ist bei höchstens sieben Vokabeln schnell erledigt, und ich habe dann schon die Basis für meine Vokabelkartei; siehe Kapitel 3).

3. Ich bin beim Vokabellernen immer **aktiv (laut sprechen, Skizzen zeichnen, schauspielern,...)**.

4. Ich binde jede neue Vokabel zusätzlich zur aktiven Darstellung in einen Satz ein, wenigstens einen Kurzsatz (z.B. „orange“: „**This is an** orange“).

5. Ich beschäftige mich mit jeder Vokabel **mindestens eine Minute** lang.

6. Ich sitze **auf keinen Fall** bloß am Schreibtisch. Einzige Ausnahme: Wenn ich die Vokabelkarten schreibe oder mir ein Bild/eine Skizze zur Vokabel mache.

BEISPIELE FÜR SINN-VOLLES LERNEN

Beispiele, wie Du Vokabeln aktiv und sinn-voll lernen kannst (die Vokabeln sind aus einer beliebigen Vokabelliste):

poverty – Armut
sidewalk – Bürgersteig
to be supposed to be – angeblich sein; sein sollen
view – Aussicht, Blick
café – Imbißstube; Café
I guess – ..., denke (schätze) ich
to go rowing – rudern (gehen)

poverty: Blick ins leere Portemonnaie, dabei laut sprechen: „There is great **poverty** in my *portemonnaie*." (Wörter, die Du in den Sätzen nicht in der Fremdsprache weißt, kannst Du beruhigt auf deutsch einfügen.)

sidewalk: das kann ich **live** lernen, wenn ich auf die Straße gehe; also nehme ich die Karteikarte später, wenn ich raus gehe, mit. Wenn ich auf dem sidewalk gehe, spreche ich immer wieder: „I am walking on the **sidewalk**."

to be supposed to be: Ich stelle mir vor, daß mir gerade jemand gesagt hat, ich sei ein Idiot. Mit erhobener und empörter Stimme gerate ich in Rage: „What do you say? **I am supposed to be** an idiot?" Dann drehe ich mich zu einem in der Phantasie vorgestellten Freund um: „Hör mal, was der sagt. He says: **'You are supposed to be** an idiot'."

view: Blick aus dem eigenen Fenster. Hand über die Augen legen, dabei laut sprechen: „This is a nice **view**. I enjoy this **view**. What a lovely **view**."

café: Das kann ich mir einfach merken, wie im Deutschen. Wenn ich in der Stadt bin und an einem Café vorbeikomme, werde ich mich an die englische Bedeutung erinnern.

I guess: ist eine Floskel, die ans Satzende gestellt wird. Ich produziere einfach ein paar Sätze: „This is an easy word to learn, **I guess** !“ „I am a good pupil, **I guess**.“

to go rowing: auf den Boden setzen, Ruderbewegungen machen und dabei sprechen: „**I go rowing**.“

Die größte Schwierigkeit beim sinn-vollen Lernen ist es, erstens die Ideen zu haben, wie ich eine Vokabel darstelle, und zweitens dann auch noch den Mut zu haben, es tatsächlich so zu tun.

Deshalb verzweifle nicht, wenn Dir mal nichts einfällt – Phantasie und Mut sind ebenfalls Übungssache und entwickeln sich in dem Maße, wie Du für Dich sinnvolles Lernen anwendest!

TIP

Das sinnvolle Lernen fällt Dir leichter, wenn Du Dir gemeinsam mit einem Freund oder einer Freundin überlegst, wie Du Vokabeln sinnvoll darstellen kannst.

2.–11. TAG Lerne zwei Wochen lang jeden Tag (montags bis freitags) sieben Vokabeln auf sinn-volle Weise.
Laß nicht locker, wenn Dir mal nichts einfällt! Überlege so lange, bis Dir etwas einfällt, oder berate Dich mit einem Freund.

Schwierige Vokabeln

VERGESSENSWÖRTER 1

12. TAG

Abstrakte Wörter und Fremdwörter

Natürlich gibt es schon im Deutschen viele Wörter, deren Bedeutung Du nicht verstehst. Oder verstehst Du folgenden Satz: *Rezipienten restringierten Codes haben eine immanente Artikulationsinsuffizienz aufgrund ihres restriktiven Thesaurus.* Schließlich kennt jeder von uns höchstens gerade mal 5% aller im Deutschen vorkommenden Wörter. Für den Alltagsgebrauch reicht das auch völlig. Gerade in höheren Klassen aber begegnest Du Wörtern, die Du auch im Deutschen nicht kennst. Und Wörter, zu denen Du keine Vorstellungen hast, vergißt Du natürlich auch in der Fremdsprache. Solange Du zu den Wörtern keine konkreten Bilder gesehen oder Erfahrungen gemacht oder Erlebnisse gehabt hast, verstehst Du sie nicht.

Abhilfe:

Wörter, deren Sinn und Bedeutung Du schon im Deutschen nicht verstehst, mußt Du Dir unbedingt erstmal erklären lassen.

VERGESSENSWÖRTER 2

Vorstellbare, aber selten gebrauchte Wörter

Wörter, die Du selten gebrauchst, vergißt Du schnell wieder.

Abhilfe:

Lege eine Lernkartei an, wie sie auf den folgenden Seiten beschrieben wird, und wiederhole Vokabeln in den dort vorgeschlagenen Abständen. Dann werden die Wörter immer rechtzeitig an die Oberfläche Deines Wissens zurückgeholt.

VERGESSENSWÖRTER 3

Gängige Wörter, die man sich aber schlecht vorstellen kann

Das sind Allerweltswörter, die Du ständig gebrauchst, zu denen Du aber eigentlich keine richtige Vorstellung hast, z.B.

Alle Verneinungen: nicht, niemals, keiner, auf keinen Fall, verboten ...

Alle sogenannten Adverbien: oft, selten, manchmal, täglich, immer, wiederum, fast ...

Alle Konjunktionen: und, oder, aber, weil, daß, obwohl, da, nachdem ...

Alle Fragewörter: wer, wann, wohin, weshalb, wieso, wie ...

Alle Wörter, die anstelle von Personen stehen [sogenannte **Pro-Nomen**: das bedeutet: **anstelle eines Namens] : ich, du, jener, dieser, der, welcher ...**
Die Liste solcher Wörter ist lang, und Du kennst sicherlich einige von diesen, die Du in der Fremdsprache einfach immer wieder vergißt.

Abhilfe:

Stelle Dir konkrete Situationen vor, in denen Du solche Wörter gebrauchst. Das übst Du am besten im Deutschen. Hier ein Beispielsatz, die betreffenden Wörter sind fett: **Dieser** Baum **hier** ist krank, **aber jener** Baum **dort hinten** ist gesund. Wichtig ist: Zu jedem der Wörter machst Du beim Sprechen eine sehr typische, kräftige Geste und betonst die Wörter auch mit Deiner Stimme. Wie es hier gezeichnet ist.

Dieser **hier** **aber** **jener** **dort hinten**

VERGESSENSWÖRTER 4

Verwechslungen

Häufig verwechselt man auch einfach Wörter. Das ist ganz natürlich. Denn häufig sind dies Wörter, die entweder ähnlich geschrieben werden oder eine ähnliche Aussprache haben.

Abhilfe:

Genau wie unter Punkt 3 verfahren!

Wenn Du Probleme mit Vergessenswörtern hast, ist dies so ziemlich der einzige Weg. Aber er kann nach der ersten Überwindung ein sehr lustiger Weg sein.

Aufgabe:

Suche Dir für morgen 5 Vokabeln heraus, die Du entweder immer wieder vergißt, falsch übersetzt oder mit ähnlichen anderen Wörtern verwechselst.
Lerne sie morgen nach den vorgenannten Vorschlägen.

13. TAG

Lerne die fünf Vokabeln, die Du gestern als „schwierige Vokabeln" herausgesucht hast!

Liebe Kollegin, lieber Kollege,

wenn ich mit den Vorschlägen bei Ihnen offene Türen einrenne, so ist mir das am liebsten. Wenn nicht, probieren Sie doch einmal sinn-volles Lernen mit Ihren Schülern aus, und Sie werden sehen, wie der Erfolg binnen kurzer Zeit wächst.
Unterstützen Sie Ihre Schüler, indem Sie selbst einige Vokabeln durch den Einsatz von Stimme, Mimik und Gestik erläutern (z.B. bei Beginn einer neuen Lektion).
Lassen Sie die gesamte Klasse die Bewegungen, Lautmalerei und Mimik nachmachen. Durch Ihr persönliches Vorbild und den Schutz der Gruppe bauen Schüler, die gegenüber solchen Methoden noch Hemmungen haben, diese viel eher ab.
Später können sie den Schülern die Aufgabe geben, zu bestimmten Vokabeln Vorschläge für sinn-volles Lernen zu entwickeln und vor der Klasse zu demonstrieren. Einzige Bedingung: Jeder kommt einmal dran.
Steigern Sie die Methode dahingehend, daß Ihre Klasse die Schulbuchtexte quasi im Rollenspiel vorführen kann.
Unsere Erfahrung ist, daß der Erfolg und damit das Selbstwertgefühl und das Selbstbewußtsein der Schüler mit diesen Methoden rasch steigt.

Liebe Eltern,

wenn Ihr Kind bisher nicht sinn-voll gelernt, nun aber Hemmungen hat, diese Methoden anzuwenden, dann unterstützen Sie Ihr Kind. Meistens haben Kinder Angst, sich lächerlich zu machen, wenn Sie zu Hause laut lernen, irgendwelche Geräusche oder gar noch Bewegungen machen.
Machen Sie selbst mit! Lernen Sie auf die beschriebene Weise einige Zeit zusammen mit Ihrem Kind.
So lernt Ihr Kind von Ihrem Vorbild, und Spaß macht es obendrein, wenn man gemeinsam so „ulkig" lernt!

Kapitel 3: Richtig wiederholen – Zeit sparen, Erfolg gewinnen

1. TAG

WIEDERHOLEN SPART ZEIT

Das Wiederholen der Vokabeln ist absolut notwendig. Denn unser Gehirn funktioniert so, daß das, was selten gebraucht wird, zwar nicht vergessen wird. Wohl aber **verstaubt** das gelernte Wissen nach einiger Zeit, bis es schließlich **nicht mehr auffindbar** ist.
Das Erinnern, wo im Kopf eine Vokabel „abgelegt" wurde, fällt immer schwerer, bis Dir eine bestimmte Vokabel eben nicht mehr einfällt. Um das zu vermeiden, mußt Du gelernte Sachen öfters im Sinne des Wortes „wieder (hervor)holen" aus den Tiefen Deines Gehirns.

Wenn Du Vokabeln vergißt, kannst Du sie neu lernen – der Zeitaufwand dafür ist genauso groß, als ob Du die Vokabel zum ersten Mal hörtest.
Für das Lernen einer Vokabel brauchst Du **ca. 1–3 Minuten**.

Da ist es auf Dauer zeitsparender – und für die Schulnoten und den Sprachgebrauch erfolgreicher –, die Vokabeln ab und zu zu wiederholen. Denn das erneute Anschauen und Übersetzen einer Vokabel **dauert nur ein paar Sekunden.**

Diese wenigen Sekunden
- sichern Dir 100% der Vokabeln
- bescheren Dir Erfolg in der Schule
- fördern Deinen Sprachgebrauch

Es reicht, neu gelernte Vokabeln in folgendem Rhythmus zu wiederholen:

1. Tag:	Neu lernen
abends:	1. Wiederholung
nächster Tag:	2. Wiederholung
nach einer Woche:	3. Wiederholung
nach 1 Monat:	4. Wiederholung
nach 6 Monaten:	5. Wiederholung

Danach: Alle halbe Jahr alle Vokabeln wiederholen. Dieser Rhythmus kann individuell unterschiedlich sein; Deinen Rhythmus mußt Du durch **Experimentieren** herausbekommen. Wenn Du z.B. bei der Wiederholung nach einer Woche mehr als 10% der Vokabeln nicht mehr weißt, dann solltest Du eine neue Zwischenetappe nach 3 Tagen einlegen!

WIEDERHOLEN – ABER RICHTIG!

Wie häufig Du Vokabeln wiederholen mußt, hängt entscheidend davon ab, wie konzentriert und sinn-voll Du sie beim ersten Mal gelernt und bei den ersten beiden Wiederholungen geübt hast.
Je intensiver das Lernerlebnis, desto länger bleibt die Vokabel in Erinnerung.
Die schlechteste Form der Wiederholung ist sicherlich das reihenweise Abfragen aus dem Buch.
Denn das Buch gibst Du nach einem Jahr ab, die Vokabeln sind damit verloren.

Deshalb müssen viele Schüler ein Vokabelheft führen. Aber hier wie im Schulbuch stehen die Vokabeln wieder in einer Reihenfolge. Und sicherlich ist es Dir auch schon passiert, daß Du zwar wußtest, **wo** im Buch eine Vokabel steht, aber nicht mehr, **was** sie bedeutet. Das ging dann vielleicht so „Also, 'map', tja, Moment, ich weiß zwar nicht, was das heißt, aber das steht in Lektion 13, unter 'landscape', ...“

Wiederholung von Vokabeln in derjenigen Reihenfolge, in der Du sie auch gelernt hast, führt zur einseitigen Verfügbarkeit in eben dieser Reihenfolge.
Wichtig ist aber, die Vokabeln frei verfügbar zu haben!

Um diese Nachteile zu vermeiden, solltest Du eine Vokabelkartei anlegen.
Denn eine Vokabelkartei bietet gegenüber Schulbuch und Vokabelheft unschlagbare Vorteile, die Dir Spaß und Erfolg beim Lernen sichern helfen.
Welche Vorteile das sind, erfährst Du auf den nächsten Seiten.

Aber das hat bis morgen Zeit...

2. TAG

DIE KARTEI – MEHR ARBEIT ODER ZEITERSPARNIS?

„Eine Vokabelkartei anlegen? Das dauert ja noch länger, wenn ich alle Vokabeln aufschreiben soll! Ich denke, ich soll Zeit sparen?!“ Dieser Stoßseufzer entfährt vielen unserer MIND UNLIMITED-Kursteilnehmer.
Sicher, das Aufschreiben auf Karteikarten dauert **scheinbar** länger.

Aber:
Beim Aufschreiben benutzt Du schon zusätzlich diesen Lernkanal.
Das Schreiben gehört zur konzentrierten Lernzeit dazu. Stelle Dir beim Schreiben entweder die Schreibweise oder die Bedeutung der Vokabel innerlich vor.
Beim Schreiben übst Du gleichzeitig die Rechtschreibung der Vokabel. Das würdest Du sonst gar nicht tun.
Mit Vokabelkarten kannst Du Wortfelder legen und die Lernzeit abkürzen.

VORTEILE DER VOKABELKARTEI

Du hast ständig vor Augen, wieviel Du schon in der Fremdsprache kannst. Das motiviert!

Du siehst, wie täglich Dein Wissen wächst. Durch die besondere Einteilung der Kartei weißt Du immer, wieviel Vokabeln Du hundertprozentig kannst.

Du siehst, wie Dein Wissen jeden Tag wächst. Das motiviert!

Da jeden Tag neue Karten hinzukommen, siehst und fühlst Du, wie Dein Wissen täglich wächst. Das Fach mit den Hundertprozentigen wächst und wächst, und Dein Stolz wächst mit.

Die Karten eröffnen Dir viele anregende, lustige und spannende Spielmöglichkeiten!

Mit den Vokabelkarten lassen sich viele Spiele spielen, die das Wiederholen spannend und anregend machen. Das ist viel toller als das stupide Wiederholen aus dem Buch. Mehr dazu im Teil „Spiele mit **Vokabelkarten**".

Die Vokabelkartei verleiht Dir Ansehen!

Niemand kann noch sagen, Du würdest nichts tun. Die Kartei mit ihren vielen und täglich mehr werdenden Karten ist der ständige Gegenbeweis.

Und wenn das Ansehen steigt, steigt automatisch auch die Wertschätzung auf anderen Gebieten. So werden Erfolgsspiralen ausgelöst!

Die Kartei ist der Grundstein für die gelungene Vorbereitung von Klassenarbeiten!

Du kannst viel ruhiger in die Klassenarbeiten gehen, weil die Kartei Dir Sicherheit verleiht: Sie zeigt Dir, was Du weißt. Außerdem kannst Du die Kartei auch zur Anlage von **Grammatik-Karten** nutzen, **so daß nicht nur der Wortschatz**, sondern auch der **Regel-Schatz** in der Kartei bestens aufgehoben ist!

Der langen Rede kurzer Sinn:

Überzeuge Dich selbst und lerne mindestens einen Monat lang mit der Lernkartei.

Morgen gehst Du erst mal los und besorgst Dir alles Nötige. Was das ist, siehst Du auf der Einkaufsliste auf der nächsten Seite!

Die Einkaufsliste

3. TAG Deine heutige erste Aufgabe besteht darin, alles Nötige für den Start zu besorgen. Du brauchst:

Einen Karteikasten

Kaufe Dir **einen Karteikasten passend für DIN-A7-Karten.** Der Kasten soll Platz für ungefähr 700 Karten bieten (also ca. **20–25 cm lang** sein). Er soll einen **Deckel** haben, damit die Karten geschützt sind vor dem Herausfallen. Als Transportsicherung reicht ein Gummiband für Einmachgläser.

Karteikarten

Kaufe Karten im **DIN-A7-Format** (das entspricht einer Viertel DIN-A5-Seite). Die Karten sind meistens zu je hundert abgepackt.
Die Karten müssen **blanko**, also ohne Linien oder Karos sein.
Kaufe **zwei verschiedenfarbige Kartensorten**. Die zweite Farbe ist für Vokabeln, die Du in ganzen Sätzen aufschreibst (z.B. Mustersätze für Grammatik, Redewendungen, Sprichwörter). Davon brauchst Du zunächst nur 100 Karten. Von der ersten Sorte kaufe ca. 300 Stück.

5 Trennscheiben

Weiterhin brauchst Du **5 Trennscheiben** für die einzelnen Fächer, so daß Du Abteilungen für die ganz neuen Vokabeln, die 24 Stunden alten, die 1-Wochen, die 4-Wochen und 6-Monate alten Karten einrichten kannst.

Übrigens: Einen Karteikasten mit Einteilung, Karteikarten und Anleitung kannst Du auch bei MIND UNLIMITED für 25 DM plus Versand direkt bestellen. Anruf genügt: 06421/91010 (aus Österreich und der Schweiz 0049-6421/91010).

Des weiteren solltest Du Dir besorgen:

5 verschiedenfarbige Leuchtmarker, mit denen Du auf den Karteikarten Besonderheiten von Wörtern (grammatische Regeln, Rechtschreibung) hervorheben kannst, **einen mitteldicken schwarzen Filzstift**, mit dem Du die Karteikarten beschriften kannst, **verschiedenfarbige dünne Filzer oder Bleistifte**, mit denen Du einfache Zeichnungen anstelle deutscher Übersetzungen auf die Rückseite der Karten malen kannst.

Wie Du Deine Karteikarten beschriftest

NUR EINE SEITE BESCHRIFTEN!

4. TAG

Karteikarten werden normalerweise auf der Vorder- und Rückseite beschriftet. Aber: Für bestimmte Spiele wie Vokabel-Memory, Vokabel-Hochzeit oder Vokabel-Mensch-ärgere-Dich-nicht brauchst Du Karten, die nur auf einer Seite beschriftet sind.

Deshalb mein Vorschlag:

Nimm Dir für jede Vokabel oder jeden zielsprachlichen Satz, den Du auf eine Karteikarte schreibst, **zwei** Karten.
Auf die erste schreibst Du die zielsprachliche Vokabel.
Auf die zweite Karte schreibst Du dann die Übersetzung, klebst ein Bild drauf oder was auch immer.

Beide Karten heftest Du dann mit einer **Büroklammer** so zusammen, daß quasi wieder Vorder- und Rückseite entstehen.
Setze die Büroklammer bei jedem Kartenpaar immer etwas woanders an. So vermeidest Du, daß die Klammern im Vokabelkasten alle aufeinander liegen und ein total schiefer Turm entsteht.

Vorderseite: Wort aus der Zielsprache
Rückseite: deutsche Übersetzung

Vorderseite: Satz/Redewendung aus der Zielsprache
Rückseite: deutsche Übersetzung (bei Redewendungen und Sprichwörtern nur sinngemäße Übersetzung)

Vorderseite: Dialog oder Frage-Antwort.
Frage in der Zielsprache,
Antwort in Deutsch
Rückseite: Frage in Deutsch, Antwort in der Zielsprache

Vorderseite: zielsprachlicher Begriff
Rückseite: die Bezeichnung des Gegenteils in der Zielsprache

Vorderseite: zielsprachlicher Begriff
Rückseite: Synonym oder Erläuterung in der Zielsprache

Vorderseite: zielsprachlicher Begriff
Rückseite: Bild/Zeichnung dazu

Vorderseite: Beispielsatz für eine grammatische Regel*
Rückseite: grammatische Regel/Erläuterung

* **Achtung:** Hier solltest Du unbedingt das, worauf es ankommt, hervorheben, damit Du weißt, worum es Dir beim Aufschreiben des Satzes ging.

WORAUF DU NOCH ACHTEN SOLLTEST

1. Beschriftung der Karten

Schreibe leserlich, damit bei Spielen andere die Karte auch lesen können. Schreibe so, daß die Karte mit der Vokabel gut ausgefüllt wird. Das erfordert einige Übung, aber es sieht besser aus, verschafft mehr Überblick und beschleunigt das Lernen.

2. Rechtschreibung

Schreibe richtig ab! Alle Karten von jemandem kontrollieren lassen. Karten mit Fehlern zerreißen und neu schreiben. Nur so erlangst Du eine bessere Rechtschreibung.

3. Verschiedenfarbige Karten

Benutze zur Unterscheidung für Grammatik-Mustersätze, Redewendungen und Sprichwörter eine andere Kartenfarbe.

4. Verschiedene Farben für Substantive, Adjektive, Verben, ...?

Nein. Es erschwert die Arbeit (welche Farbe brauche ich jetzt?) und gibt eine sprechfremde Hilfe, die die freie Verfügbarkeit der Vokabeln behindert, ähnlich wie das spaltenweise Lernen einzelner Vokabeln im Schulbuch.

5. Stammformen und Deklinationen

Häufig mußt Du zu den Vokabelbedeutungen auch noch Stammformen oder die Deklinationen lernen. In Latein z.B. lernst Du dann: rex, regis, masculinum – Der König. Oder im Englischen die Stammformen to go, went, gone – gehen.

Du hast drei Möglichkeiten, diese Stammformen unterzubringen:

A) Du schreibst sie mit auf die zweite Karte, wo die deutsche Übersetzung steht.

B) Du schreibst sie auf eine dritte Karte und heftest sie mit den beiden anderen zusammen.

C) Du legst in einer anderen Kartenfarbe extra Grammatik-Karten an und schreibst ein neues Kartenpaar, wo dann auf der einen Karte „rex“ steht, auf der zweiten „rex, regis, masculinum, konsonantische Deklination“.

Schreibübungen auf Karteikarten

5.+6. TAG

WAS ALLES PASSIERT BEIM SCHREIBEN...

Du siehst, was alles passieren kann beim Ausfüllen einer Karteikarte:

Das Ausfüllen erfordert etwas Übung, die Du aber schnell bekommst.

Beschrifte doch heute und morgen eine beliebige Menge Karteikarten mit verschieden langen **deutschen** Wörtern, damit Du ein Gefühl für das Beschriften bekommst! Achte dabei darauf, daß die Wörter in der Mitte der Karte gut lesbar stehen. Am besten schreibst Du in Druckbuchstaben.

So funktioniert die Kartei

EINTEILUNG IN FÄCHER

7. TAG

Um effektiv das Gelernte wiederholen zu können, empfehle ich Dir, Deine Vokabelkartei in „Zeitfächer“ einzuteilen:

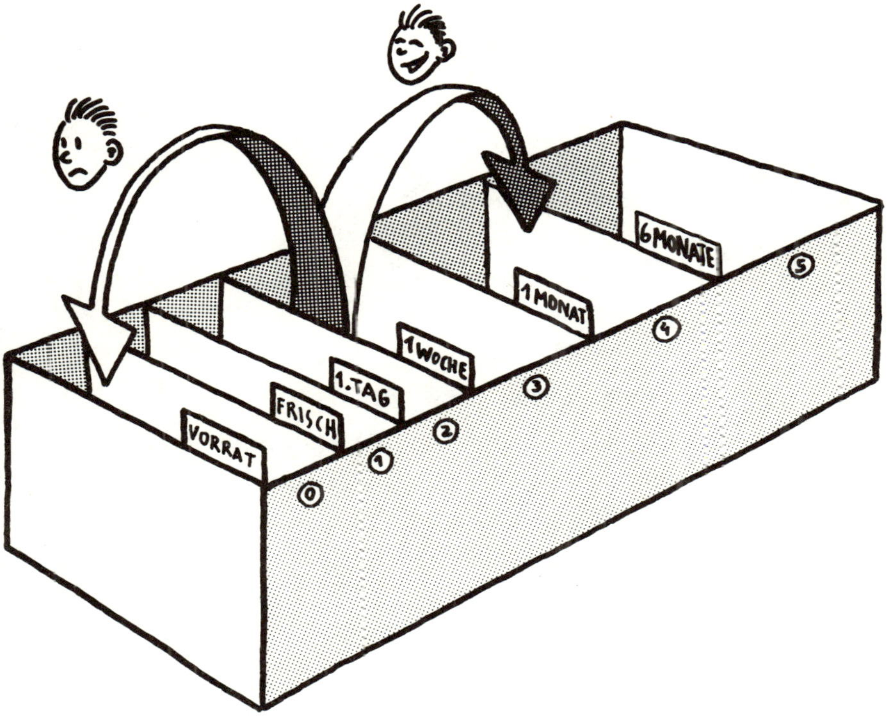

Fach 0: Neue Vokabeln / Leere Karteikarten und Büroklammern

Dieses Fach kannst Du als Vorratsspeicher für leere Karteikarten und Büroklammern benutzen. Die Klammern kannst Du in einer kleinen Schachtel oder Tüte aufbewahren.

Wenn Du immer gleich eine ganze Menge an Vokabeln auf Karteikarten schreibst, kannst Du auch diejenigen, die Du nicht gleich lernst, in dieses Fach tun.

Auch diejenigen, die Du beim Wiederholen nicht mehr konntest, kommen in dieses Fach, es sei denn, Du lernst sie gleich wieder neu – dann kommen sie ins Fach 1.

Fach 1: Frisch gelernte Vokabeln

Die Vokabeln in diesem Fach sind die, die Du heute gelernt hast. Am besten abends vor dem Zubettgehen kontrollierst Du, welche Vokabeln Du behalten hast.
Die Nichtgewußten wandern zurück in Fach 0. Die Gewußten wandern in Fach 2. Dieses Fach ist also abends immer leer!

Fach 2: 24 Stunden alte Vokabeln

Die Karten, die in diesem Fach stecken, wiederholst Du am nächsten Tag. Diejenigen, die Du nicht mehr weißt, wandern zurück in Fach 0 und werden nochmal gelernt.
Diejenigen, die Du kannst, wandern in Fach 3.

Fach 3: 1 Woche alte Karten

Nach einer Woche werden die Karten in diesem Fach überprüft. Im Laufe der Woche haben sich hier ca. 35–50 Vokabeln angesammelt. Da Du am Samstag und am Sonntag nicht lernst, legst Du den Überprüfungstag am besten auf den Montag. Denn dann sind die letzten Karten freitags in dieses Fach gekommen. Es sind also zwei Tage seit der letzten Wiederholung vergangen. Das ist zwar keine ganze Woche, genügt aber auch!
Die nichtgewußten Karten wandern wieder in – richtig! – das Fach 0!
Die gewußten in Fach 4!!!

Mit den übrigen Fächern Nr. 4 und 5 verfährst Du genauso. Die Überprüfung findet nach einem Monat (Fach 4) und dann alle sechs Monate (Fach 5) statt.

Dein Trainingsprogramm

8.-12. TAG

Diese Seite startest Du am besten an einem Montag! Lerne jeden Tag sieben Vokabeln mit Hilfe der Kartei. Hinweise, wie Du die Vokabeln lernen kannst, findest Du in Kapitel 2.

TIP

Schreibe die Karteikarten immer zu Beginn Deiner täglichen Hausaufgaben. Das wärmt Dein Gehirn an und bringt gleichzeitig schon Arbeitsergebnisse!

Montag nachmittag: 7 Vokabeln auf Karten schreiben und lernen! In Fach 1 legen!

Montag abend: Die sieben Vokabeln aus Fach 1 kontrollieren. Die gewußten in Fach 2 legen, die nicht gewußten kommen in Fach 0, wenn Du sie morgen lernen willst, oder in Fach 1, wenn Du sie gleich wieder lernst! Fach 1 wird ja erst wieder am nächsten Abend kontrolliert.

Dienstag nachmittag: Die Karten vom Vortage (Fach 2) kontrollieren. Die gewußten kommen in Fach 3, die nicht gewußten kommen in Fach 0.
Anschließend sieben neue Vokabeln auf Karteikarten schreiben, dann lernen und in Fach 1 legen.
Die bei der Wiederholung nicht gewußten ebenfalls neu lernen und in Fach 1 legen.

Dienstag abend: Die Vokabeln aus Fach 1 kontrollieren. Die gewußten in Fach 2 legen, die nicht gewußten kommen in Fach 0, wenn Du sie morgen lernen willst, oder in Fach 1, wenn Du sie gleich wieder lernst! Fach 1 wird ja erst wieder am nächsten Abend kontrolliert.

Mittwoch nachmittag: Die Karten vom Vortage (Fach 2) kontrollieren. Die gewußten kommen in Fach 3, die nicht gewußten kommen in Fach 0.
Anschließend sieben neue Vokabeln auf Karteikarten schreiben, dann lernen und in Fach 1 legen.
Die bei der Wiederholung nicht gewußten ebenfalls neu lernen und in Fach 1 legen.

Mittwoch abend: Die Vokabeln aus Fach 1 kontrollieren. Die gewußten in Fach 2 legen, die nicht gewußten kommen in Fach 0, wenn Du sie morgen lernen willst, oder in Fach 1, wenn Du sie gleich wieder lernst! Fach 1 wird ja erst wieder am nächsten Abend kontrolliert.

Am Donnerstag und Freitag wiederholt sich das gleiche Schema wie am Mittwoch.

Am Freitag abend kannst Du die gewußten gleich ins Fach 3 legen, da ja am Samstag keine Wiederholung stattfindet und am Montag sowieso die Wochenkontrolle ist!
Insgesamt hast Du am Freitag 35 Karteikarten beschrieben, von denen hoffentlich alle in Fach 3 liegen!
Wenn Du mehr als 3 Karten in Fach 0 (nichtgewußte) liegen hast, solltest Du das Kapitel 2 des Buches durcharbeiten. Dann hast Du Schwierigkeiten beim Lernen. Lies Dir insbesondere die Spielregeln auf Seite 38 durch!

Am Montag wiederholst Du dann als erstes die Karteikarten aus dem Fach 3. Die gewußten kommen ins Fach 4, die nichtgewußten in Fach 0.
Sind dies mehr als drei, solltest Du das Kapitel 2 des Buches durcharbeiten. Dann hast Du Schwierigkeiten beim Lernen. Lies Dir insbesondere die Spielregeln auf Seite 38 durch!

Wiederholungsübersicht über 4 Wochen

	Fach 0 (Vorratsspeicher)	Fach 1 (neu gelernte, Kontrolle abendlich)	Fach 2 (ein Tag alte, Kontrolle täglich)	Fach 3 (eine Woche alte, Kontrolle nur montags)	Fach 4 (ein Monat alte, Kontrolle alle vier Wochen)
Montag	mindestens sieben Vokabeln lernen; in Fach 1 legen	abends überprüfen; gewußte in Fach 2, andere in Fach 0; Fach 1 ist dann leer	Fach ist hoffentlich mit sieben Karten gefüllt!	überprüfen; gewußte in Fach 4, andere in Fach 0; Fach 3 ist dann leer und füllt sich im Laufe der Woche	nach 4 Wochen überprüfen; gewußte in Fach 5, andere in Fach 0; Fach 4 ist dann leer und füllt sich wieder
Dienstag	mindestens sieben Vokabeln lernen; in Fach 1 legen	abends überprüfen; gewußte in Fach 2, andere in Fach 0; Fach 1 ist dann leer	überprüfen; gewußte in Fach 3, andere in Fach 0; Fach 2 füllt sich wieder aus Fach 1		
Mittwoch	mindestens sieben Vokabeln lernen; in Fach 1 legen	abends überprüfen; gewußte in Fach 2, andere in Fach 0; Fach 1 ist dann leer	überprüfen; gewußte in Fach 3, andere in Fach 0; Fach 2 füllt sich wieder aus Fach 1		
Donnerstag	mindestens sieben Vokabeln lernen; in Fach 1 legen	abends überprüfen; gewußte in Fach 2, andere in Fach 0; Fach 1 ist dann leer	überprüfen; gewußte in Fach 3, andere in Fach 0; Fach 2 füllt sich wieder aus Fach 1		
Freitag	mindestens sieben Vokabeln lernen; in Fach 1 legen	abends überprüfen; gewußte in **Fach 3**, andere in Fach 0; Fach 1 ist dann leer	überprüfen; gewußte in **Fach 3**, andere in Fach 0; Fach 2 ist leer		
Samstag/ Sonntag	frei	frei	frei	frei	frei

Wiederholen mit der Kartei

13. TAG

DAS VIER-WOCHEN-PROGRAMM

Übe jetzt in einem Fremdsprachenfach Deine Vokabeln mit Hilfe der Vokabelkartei. Arbeite mindestens weitere vier Wochen mit der Kartei.

Belohnungen vereinbaren

Als kleine Motivationshilfe schlage ich Dir folgendes vor: Vereinbare mit Deinen Eltern eine Belohnung, wenn Du mit der Kartei arbeitest.

- Für jeden Tag bekommst Du sieben Punkte, wenn Du die Karten ausfüllst.
- Die Wochenabfragen am Montag macht am besten Dein Vater oder Deine Mutter.
- Für jede gewußte Vokabel gibt es noch einmal drei Punkte.
  So kannst Du in einer Woche maximal 140 Punkte erreichen, in vier Wochen also 560 Punkte.
- Vereinbart, für wieviel Punkte Du welche Belohnung bekommst.

Zum Beispiel: für jeweils 30 Punkte gibt es Dein Lieblingsessen, ein Eis oder ähnliches
für jeweils 70 Punkte eine Kinokarte
für jeweils 200 Punkte eine CD
für 550 Punkte das lang ersehnte Paar neuer Markenturnschuhe...

So kannst Du Dir entweder einige kleine Belohnungen gönnen oder aber auf größere Belohnungen „sparen".
Ich persönlich finde die Belohnungen angemessen, denn es ist ungeheuer schwer und verlangt eine Menge Disziplin, die Vokabelkartei ordentlich zu führen.

Belohnung nur als Starthilfe

Nach den vier Wochen allerdings gibt es keine Belohnung mehr! Denn dann solltest Du durch den Erfolg beim Lernen gemerkt haben, daß es sich für Dich auch ohne Belohnungen lohnt, mit der Kartei zu arbeiten: Du hast bessere Noten, Dein Lehrer hat ein gutes Bild von Dir, Du fühlst Dich besser, weil Du weißt, daß Du gut lernen kannst...!

Auf den Seiten 64/65 findest Du ein Schema, wo **Deine Eltern** Deine erreichten Punkte eintragen können.

HIER NOCH ZWEI TIPS

1. Volle Kästen

Nach einem Halbjahr ist ein Kasten voll. Sortiere alle Karten alphabetisch, dann hast Du ein eigenes Wörterbuch! Fange einen neuen Kasten an.

2. Wiederholung nach sechs Monaten

Verteile die Wiederholung aller Karten auf fünf Tage.

So, und nun starte Dein Vier-Wochen-Programm. **14.-34. TAG**
In vier Wochen geht's weiter auf Seite 68.

Liebe Eltern, bitte lesen Sie sich die Seiten 62 und 63 durch.

Liebe Eltern!

Der Umgang mit der Vokabelkartei ist einer der erfolgversprechendsten Wege, um Vokabeln frisch verfügbar zu halten. Die Vokabelkartei ist aber auch ein sehr schwieriges Instrument. Denn der Umgang mit ihr erfordert einige Fähigkeiten und Anstrengungen, die unserer Erfahrung nach viele Schüler nicht mitbringen bzw. nicht gerne leisten. Hinzu kommt, daß durch das Verlassen des gewohnten Trotts und durch das Gehen eines neuen Weges automatisch Widerstände beim Kind hervorgerufen werden. Das ist ein natürliches Verhalten, das Sie aber berücksichtigen sollten. Hierzu dient das Belohnungssystem.

Die Kartei erfordert eine hohe Selbst-Disziplin. Die regelmäßige Arbeit mit ihr als täglich sich wiederholendes Element ist gerade für solche Kinder schwierig, die sich auch ansonsten ungern an Hausaufgaben setzen. Die Kartei setzt ein hohes „Ordnungsbewußtsein" voraus. Und nun schauen Sie einmal in das Zimmer Ihres Sprößlings, ob dieses „Ordnungsbewußtsein" voll entwickelt ist...

Vokabeln verleiten außerdem dazu, möglichst viele in möglichst kurzer Zeit schaffen zu wollen – auf Kosten des Lernerfolges. Hier bremst die Kartei einerseits durch den Zwang zum Schreiben, andererseits durch die rigide begrenzte Tageszahl von sieben Vokabeln in unserem Trainingsprogramm. Das wirkt sich zunächst auf die Schüler bremsend aus und hinterläßt das Gefühl, „anders" mehr zu schaffen. Deshalb wollen viele Kinder die Arbeit mit der Kartei nach ca. 10 Tagen abbrechen. Hier hilft immer das Bewußtmachen des Lernerfolges, wieviele Vokabeln das Kind jetzt sicher beherrscht – und wieviele es bei der Eingangserkundung zu Beginn des Buches nicht gewußt hat.

Die tägliche Wiederholung ist ein weiterer ungewohnter Punkt. Auch dies führt zu Widerständen gegen die Kartei. Daß durch Wiederholung Lernzeit gespart wird, ist vielen Kindern nicht sofort begreiflich, zumal wenn sie sonst über nichtgewußte Vokabeln einfach hinweggegangen sind. Auch hier tut Ermunterung not.

Des weiteren mögen einige Kinder aus den unterschiedlichsten Gründen nicht gerne schreiben (weil die Eltern wegen der „Sauklaue" meckern, wegen Rechtschreibfehlern). Nehmen Sie darauf Rücksicht und kritisieren Sie bitte diese Punkte nicht bei Ihrem Kind. Bei Rechtschreibfehlern bitten Sie Ihr Kind, die Karte noch einmal zu schreiben, da sich sonst der Fehler festsetzt. Geben Sie ihm dafür einen Extra-Punkt!

Womit ich beim Belohnungssystem wäre: Wegen der Ungewohntheit der Kartei und den damit automatisch hervorgerufenen Widerständen sollten Sie Ihrem Kind durch die Belohnungen äußerliche Anreize schaffen, die ihm helfen, diese natürlichen Widerstände zu überwinden. Deshalb bitte ich Sie: Vereinbaren Sie mit Ihrem Kind Belohnungen, die es gerne haben möchte. Und stecken Sie die Punktewerte so, daß sich das Kind zwar anstrengen muß, die Belohnung zu erreichen, daß die Belohnung aber andererseits auch durch angemessene Anstrengung erreichbar ist. Will sagen: Für die ganzen vier Wochen wäre ein Schoko-Riegel als Belohnung entschieden zu wenig.

Das Vier-Wochen-Trainings-

	Tag	Punkte für Karten (bitte ankreuzen)	Punkte insgesamt (Zahl hinschreiben)
1. WOCHE	Montag	O O O O O O O	________
	Dienstag	O O O O O O O	________
	Mittwoch	O O O O O O O	________
	Donnerstag	O O O O O O O	________
	Freitag	O O O O O O O	________
2. WOCHE	Montag	O O O O O O O O O	
	Abfragen	O O O O O O O O O	
		O O O O O O O O O	
		O O O O O O O O x 3 =	________
	Montag	O O O O O O O	________
	Dienstag	O O O O O O O	________
	Mittwoch	O O O O O O O	________
	Donnerstag	O O O O O O O	________
	Freitag	O O O O O O O	________
3. WOCHE	Montag	O O O O O O O O O	
	Abfragen	O O O O O O O O O	
		O O O O O O O O O	
		O O O O O O O O x 3 =	________

Programm „Vokabelkasten"

Tag	Punkte für Karten (bitte ankreuzen)	Punkte insgesamt (Zahl hinschreiben)	
Montag	O O O O O O O	________	
Dienstag	O O O O O O O	________	
Mittwoch	O O O O O O O	________	
Donnerstag	O O O O O O O	________	
Freitag	O O O O O O O	________	
Montag	O O O O O O O O O		4. WOCHE
Abfragen	O O O O O O O O O		
	O O O O O O O O O		
	O O O O O O O O x3 =	________	
Montag	O O O O O O O	________	
Dienstag	O O O O O O O	________	
Mittwoch	O O O O O O O	________	
Donnerstag	O O O O O O O	________	
Freitag	O O O O O O O	________	
Montag	O O O O O O O O O		ENDE
Abfragen	O O O O O O O O O		
	O O O O O O O O O		
	O O O O O O O O x3 =	________	

Abfragen der Karten aus den ersten 3 Wochen (max. 105 Punkte) ________

Vokabelkartei und Vokabeltests

Lieber Kollege, liebe Kollegin,

unterstützen Sie Ihre Schülerinnen und Schüler in der Nutzung einer Vokabelkartei. Das können Sie auf vielfältige Weise bewirken.

Die Kartei ist dem Vokabelheft überlegen

Wenn Sie Vokabelhefte führen lassen, schaffen Sie sie ab und stellen Sie auf die Lernkartei um. Denn die Schüler ***schreiben*** *auch bei der Lernkartei, nutzen also diesen Lernkanal. Allerdings eröffnet die Kartei weitere Möglichkeiten der Anwendung (siehe oben). Im übrigen ist das Vokabelheft auch als Kontrollinstrument nutzlos, weil Sie nur kontrollieren können, ob die Schüler die Vokabeln* ***abgeschrieben*** *haben, nicht aber, ob sie die Vokabeln tatsächlich* ***gelernt*** *haben. Das kann nach wie vor nur ein Vokabeltest erweisen.*

Den Lernrhythmus auf die Kartei ausrichten

Fast alle Schüler auf unseren Kursen stöhnen ***deshalb*** *unter dem Vokabellernen, weil es* ***zu viele*** *auf einmal sind. Entsprechend der Funktionsweise unseres Ultrakurzzeitgedächtnisses sollten Sie Vokabeln* ***täglich*** *aufgeben, und zwar in einer Menge von* ***7–10 Stück.***

Eine überschaubare Menge von sieben Vokabeln, damit verbunden der geringe Zeitaufwand und der tägliche Rhythmus, fördern Lernerfolg, Zeitplanung, Motivation und Konzentration der Schüler.

Täglich Vokabeltests!

Prüfen Sie die Vokabelkenntnisse täglich bzw. in jeder Unterrichtsstunde ab.

Gehen Sie in etwa nach folgendem Schema vor:

Bei Einführung einer Lektion streichen die Schüler ***alle*** *Wörter an, die sie nicht kennen. Durch Vergleich mit der Vokabelliste der Lektion erhalten die Schüler Hinweise darauf, welche Vokabeln sie eigentlich hätten beherrschen sollen. Bitte keine Benotung oder negative Kommentierung der Ergebnisse!*

Hausaufgabe könnte nun sein, daß die Schüler 10 beliebige Vokabeln der Lektion bis zum nächsten Tag lernen. Welche Vokabeln das sind, bleibt den Schülern überlassen. Manche werden die „leichtgängigen“ lernen, andere die ersten zehn...

Die Überprüfung findet in der Form statt, daß die Schüler am nächsten Tag die zehn Vokabeln zielsprachlich und deutsch auswendig zu Papier bringen.
Danach geben Sie jeden Tag sieben bis zehn Vokabeln der Lektion auf. Überprüfen Sie entsprechend täglich alle Vokabeln, die jeweils bis zu diesem Tag gelernt sein sollten. Um dem ganzen den Notendruck zu nehmen, sollten sich bei den ersten Tests (die ersten 3 bis 4 Tage) die Schüler selbst gegenseitig kontrollieren. Erst die Tests ab dem vierten/fünften Tag werden benotet. Und dann können Sie immer noch die beiden schlechtesten Tests aus der Wertung herausnehmen...

Kartenspiele im Unterricht

Geben Sie den Schülern Gelegenheit, ab und zu eines der hinten genannten Spiele mit Karteikarten im Unterricht spielen zu können.

Die Kartei bleibt zu Hause!

Die Vokabelkartei hat übrigens in der Schule nichts verloren. Durch Transport wird sie leicht ramponiert, der Transport selbst ist umständlich. Bilden Sie feste Vierergruppen, die sich für den Klassenraum eine gemeinsame Kartei zusätzlich anlegen.

Wiederholungen ohne die Kartei

35. TAG Da Dich die zielsprachliche Welt nicht von sich aus umgibt, mußt Du sie Dir holen.

Das kannst Du folgendermaßen erreichen:

- Radiosendungen hören (Frequenzen bei den Konsulaten in Frankfurt/Wien/Bern erfragen)

- Fernsehsendungen in der Zielsprache (glücklich, wer Kabelfernsehen hat)
- zielsprachliche Videos ausleihen (viele Videotheken haben so ein Angebot; Du bekommst sie aber auch über Landes-, Stadt- und Kreisbildstellen; notfalls den Lehrer um Ausleihe bitten)
- Brieffreundschaften

- Zeitschriften
- Musik hören, dabei auf Texte achten; die textbooks sind im Musikhandel erhältlich
- Dir vom Lehrer eure Schulbuchtexte auf Kassette sprechen lassen
- in das jeweilige Land fahren, bei einer einheimischen Familie Urlaub machen

Wenn Du Dir das alles nicht organisieren kannst oder willst, hast Du ja immer noch Deinen Kopf. Mit dem kannst Du nämlich einiges anstellen, um ständig mit der Zielsprache konfrontiert zu sein:

- Suche Dir einfach ein Thema und schreibe alles auf, was Dir dazu in der Zielsprache einfällt.

- Versuche, Dich an so viele Wörter wie möglich mit einem bestimmten Anfangsbuchstaben zu erinnern.

- Versuche, „Stadt, Land, Fluß" in der Zielsprache zu spielen (z.B. mit den Begriffen: Tier, Pflanze, Haushalt; Eigenschaft). Das kannst Du natürlich auch mit Partnern spielen.

- Wann immer Du gerade nichts tust, führe Selbstgespräche in der Zielsprache.

- Wann immer Du spazieren gehst, den Hund Gassi führst, Bus fährst oder ähnliches, schaue Dir Deine Umwelt an und versuche, soviel wie möglich von dem, was Du siehst, hörst und erlebst, für Dich selbst in der Zielsprache auszudrükken.

- Bei allem, was Du handwerklich machst (Rasenmähen, Geschirrspülen, etc): kommentiere es in der Zielsprache.

- Vereinbart zu Hause einen Zielsprachentag. An diesem Tag darf kein Deutsch geredet werden. Alles wird nur in der Zielsprache geregelt oder durch Mimik und Gestik. Ein Heidenspaß! Voraussetzung ist natürlich, daß Deine Eltern der Zielsprache auch ein bißchen mächtig sind!

Kapitel 4: Schulbuchtexte – lustig, spannend, interessant

1. TAG

SCHULBUCHTEXTE SIND SPANNEND!

Wie geht es Dir, wenn im Unterricht ein längerer Text behandelt wird? Freust Du Dich darauf, mal ein paar Tage von den anstrengenden und teilweise doofen Grammatikübungen wegzukommen? Oder haßt Du Texte, weil Dir das Lesen in der Fremdsprache oder das Übersetzen schwerfällt?

Egal wie: Schulbuchtexte bieten eine große Chance, die Fremdsprache wirklich sprechen zu lernen!

Sprache ist zum Sprechen da. Je mehr Du die Zielsprache sprichst, umso besser beherrschst Du sie, umso sicherer kannst Du mit ihr umgehen. Überlege einmal kurz, wie oft Du bisher Englisch, Französisch oder Latein gesprochen hast. Im Unterricht sind das pro Stunde vielleicht ein, zwei Sätze, höchstens eine halbe Minute, die Du wirklich in der Zielsprache sprichst. Die restlichen 44 Minuten verbringst Du mehr oder weniger stumm. Und zu Hause hockst Du ebenso stumm über Deinem Englischbuch und versuchst, die richtigen Grammatiklösungen auszubrüten. Das Sprachenlernen wird auf diese Weise sehr schnell langweilig. Widerwillen gegen das Fach entsteht, und über kurz oder lang stellen sich so erste Mißerfolge ein. Du traust Dir nicht mehr zu, Dich zu melden und einfach drauflos zu plappern. Ein Teufelskreis aus Unlust und Mißerfolgen setzt sich in Gang. Das ist der Grund, warum so viele Schülerinnen und Schüler trotz 8 Jahren Englischunterrichts die Sprache nicht fließend beherrschen.

Texte sind für Dich der Schlüssel, eine Fremdsprache besser zu beherrschen, wenn Du folgendes beherzigst:

1. Laß Dir von einem Landsmann Deine Schulbuchtexte auf Kassetten sprechen!

2. Verstehe den Text! Kläre alle unbekannten Vokabeln! Kläre inhaltliche Verständnisschwierigkeiten!

3. Höre Dir den Text ein paar Mal aktiv an – kommentiere den Text!

4. Sprich den Text selbst laut und aufrecht stehend! Sprich ihn aktiv unter Einsatz von Gestik, Mimik und Intonation.

5. Höre Dir den Text nebenbei immer wieder auf Kassette an.

Was Du tun mußt, um diese fünf Ratschläge in die Tat umzusetzen, erfährst Du in den nächsten Tagen auf den nächsten Seiten!
Morgen geht es um das Thema „Schulbuchtexte auf Kassetten“.

Schulbuchtexte auf Kassetten

2. TAG

Es ist unmittelbar einleuchtend, daß Du durch das Hören der Fremdsprache diese wesentlich leichter lernst. Korrekte Aussprache, Sprechgeschwindigkeit, Sprachmelodie, Sprechrhythmus und auch grundlegende grammatische Muster wie der Satzbau prägen sich vornehmlich durch das Hören ein.
Der Clou dabei ist: Dein Gehirn kann diese Informationen sowohl bewußt verarbeiten (wenn Du konzentriert zuhörst) als auch unbewußt wahrnehmen (wenn Du z.B. bastelst und nebenbei läuft der Kassettenrecorder, ohne daß Du richtig hinhörst).
Mit Kassetten ergeben sich also Lernmöglichkeiten, die keine Zeit kosten!
Wie aber kommst Du an Kassetten mit Deinen Schulbuchtexten heran?

FERTIGE KASSETTENPROGRAMME

Zu manchen Schulbüchern gibt es bereits vom Verlag aus ein Kassettenprogramm, auf dem die Texte und zum Teil die Übungen des Schulbuches zusammengefaßt sind. Frage einmal Deinen Lehrer danach. Dann kannst Du Dir das Kassettenprogramm vielleicht ausleihen.

KASSETTEN VON DER LEHRERIN BESPRECHEN LASSEN

Eine andere sehr gute Lösung ist es, wenn Dir Deine Lehrerin den Text auf Kassette spricht. Ich gehe davon aus, daß Deine Lehrerin Dir die Kassetten gerne bespricht. Wenn sie es besonders gut machen will, dann gib' ihr doch folgenden Tip:
Sie möchte den Text **zweimal** auf die Kassette sprechen.
Beim ersten Mal **langsam** mit Pausen, damit Du alles richtig mitkriegst und verstehst.
Beim zweiten Mal **in richtiger Sprechgeschwindigkeit**, so wie eine Französin, Britin, Amerikanerin, Spanierin etc. ihre eigene Sprache sprechen würde. Das übt Dein Hörverständnis besonders gut.

Wenn mehrere Schüler in Deiner Klasse das Abhören der Texte von Kassette auch gut finden, dann kann Deine Lehrerin ja eine Original-Kassette besprechen und ihr überspielt die Kassette für alle Schüler während der Pausen oder des Unterrichts auf einem Gerät mit Doppel-Kassettenfach (das überspielt geräuschlos evtl. mit doppelter Laufgeschwindigkeit; lediglich am Ende des Bandes klickt es).

WENN DIE LEHRERIN NICHT HILFT

Wenn trotz allem Deine Lehrerin Dir keine Kassetten bespricht, ist noch nichts verloren. Dann kannst Du folgende Leute fragen, ob sie Dir diesen Gefallen tun: andere Lehrerinnen; ausländische Bekannte und Freunde Deiner Eltern; hier stationierte Soldaten aus USA, Großbritannien, Frankreich; Volkshochschullehrer.

Auf jeden Fall sollte derjenige, der Dir Deine Kassette bespricht, die Fremdsprache fließend sprechen.

Du kannst jedenfalls sicher sein: Irgend jemand wird Dir helfen!

Übrigens: Auch **Latein** solltest Du Dir von Kassette anhören! Das kann Dir auch ein älterer Lateinschüler oder irgendjemand sonst, der Latein gehabt hat, auf Kassette sprechen.

3.-6. TAG

1. FINDE JEMANDEN, DER DIR KASSETTEN BESPRICHT

a) Frage Deine Klassenkameraden, wer auch mitmachen will beim Kassettenhören! Bitte Deine Lehrerin, diesen Vorschlag in die Klasse einzubringen! Nutze dazu diesen Text und den Lehrerbrief auf Seite 77.

b) Frage Deine Lehrerin, ob sie vom Schulbuchverlag Kassetten hat oder ob sie selbst Dir eine Kassette bespricht .
Frage Deine Lehrerin auch, ob sie Freunde hat, die die Fremdsprache fließend sprechen und die eventuell die Kassetten besprechen würden (da Fremdsprachenlehrerinnen meistens im Ausland waren, haben sie dort meistens noch Bekannte oder sogar Freunde!).

c) Überlege, ob Du oder Deine Eltern Menschen kennen, die die betreffende Fremdsprache fließend und ohne Akzent sprechen. Rufe sie noch heute an!

d) Frage Deine Klassenkameraden, ob sie jemanden kennen, der die Fremdsprache fließend kann. Denn notfalls braucht ihr ja für die gesamte Klasse nur einen Menschen, der sich für das Besprechen der Kassetten bereit erklärt. Die dabei entstehende Originalkassette kann sich ja jeder, der will, kopieren!
Mehr Spaß macht es natürlich, wenn ihr verschiedene Leute hören könnt. Und für den, der Euch den Gefallen des Besprechens macht, ist es natürlich auch entlastend, wenn er oder sie nicht jeden Text aufsprechen soll.

Wen kannst Du bitten, Dir in Deinen Fremdsprachenfächern Kassetten zu besprechen?
Notiere bitte fünf Namen in der Reihenfolge, in der Du diese Personen fragen möchtest:

1. ______________________________

2. ______________________________

3. ______________________________

4. ______________________________

5. ______________________________

2. DIE TECHNISCHEN VORAUSSETZUNGEN KLÄREN

Du mußt für einige technische Voraussetzungen sorgen.

Du benötigst:

1 Kassettengerät (für die Aufnahme / zum Abspielen); 1 Mikrophon (für die Aufnahme); 4 Kassetten (á 60 Minuten; zwei für die Originaltexte / zwei zum Abhören; jeweils eine langsame Version und eine in Alltagssprechgeschwindigkeit); 1 Walkman (wenn Du unterwegs die Texte nebenbei hören willst); 1 Doppelkassettengerät oder zwei Kassettengeräte mit Überspielkabel (wenn mehrere aus der Klasse sich Texte kopieren wollen).

Wo bekommst Du die Sachen her?

Das Schwierigste dürfte ein **Mikrophon** sein.
Das bekommst Du wahrscheinlich in der Schule. Frage Deine Lehrerin, ob Du Dir es für die Aufnahmen ausleihen darfst.
Im Handel erhältst Du geeignete Mikros für ca. 30 DM / 210 öS / 25 sfr.
Achte auf jeden Fall darauf, daß ein externes Mikrophon an Deinen Kassettenrecorder anzuschließen ist und ob Mikro und Dein Anschluß zusammenpassen! Wenn Du ein Mikro kaufst, nimm Dein Kassettengerät mit in den Laden!

Das **Doppelkassettengerät** bekommst Du wahrscheinlich auch in der Schule. Du kannst dann während des Unterrichts oder in der Pause überspielen. Ansonsten frage in Deiner Klasse oder in Deinem Freundeskreis.

Die anderen Sachen (Kassetten, Walkman) hast Du vielleicht selbst oder kannst sie Dir besorgen. Ein Walkman kostet in der einfachsten Form 25 DM / 180 öS / 20 sfr.

3. DIE AUFNAHME

Bitte den Sprecher, vor jedem Text genau anzugeben, welche Lektion und welcher Teil der Text ist und auf welcher Seite im Buch er steht.
Dann sollte er die Stücke auf die erste Kassette langsam, mit Pausen nach jedem Satz oder Gedanken, lesen und auf die zweite Kassette schnell in Alltagsgeschwindigkeit.

4. DAS ÜBERSPIELEN

Auf der 60-Minuten-Originalkassette befinden sich naturgemäß die Texte aus mehreren Lektionen.
Der Einfachheit halber kannst Du alle Texte auch so auf Dein Band überspielen. Beim **aktiven Zuhören** (langsame Version) kannst Du jeweils nach dem Text zurückspulen.

Beim **passiven Zuhören** (schnell gesprochene Kassette; wo Du gar nicht bewußt hinhörst) kannst Du die gesamte Kassette hören. Denn es macht nichts, wenn Du die Texte nicht verstehst, weil es hierbei nur um das unbewußte Wahrnehmen von Aussprache, grammatischen Strukturen, Sprachmelodie und Sprechrhythmus geht.

So:
Wenn Du jemanden zum Besprechen der Kassette gefunden hast, dann bitte ihn, bis Ende nächster Woche doch wenigstens die nächsten zwei Lektionen (die Anfangs- und die Lesetexte) auf die Kassette zu sprechen!
Erledige alle genannten Aufgaben. Wenn ihr eine neue Lektion beginnt, kannst Du in diesem Buch auch weitermachen, und zwar auf Seite 78.

Lieber Kollege, liebe Kollegin,

bieten Sie Ihren Schülern weitere Unterstützung an, indem Sie ihnen die Schulbuchtexte auf Kassette anbieten. Entweder Sie haben das Kassettenprogramm des Schulbuchverlages, oder Sie besprechen selbst Kassetten. Wählen Sie am besten pro Lektion einen Text aus, den Sie für besonders geeignet halten.
Das Besprechen dauert gar nicht so lang, wie Sie vielleicht meinen.
Erstens können ja die Texte auf mehrere Kollegen verteilt werden, zweitens halten die Ur-Kassetten jahrelang – bis ein neues Schulbuch eingeführt wird.
Außerdem kann das ein netter Abend werden, wenn Sie mit zwei, drei Kollegen die Schulbuchtexte auf Kassette sprechen...

Sehr schön wäre es, wenn Sie den Text einmal in langsamer Geschwindigkeit sprechen und dann in normaler Alltags-Sprechgeschwindigkeit.

Bei der langsamen Geschwindigkeit hat der Schüler die Chance, alles mitzubekommen und die Aufmerksamkeit bewußt auf bestimmte Aspekte zu lenken (Aussprache; Assoziationen bei Vokabellücken; Auswendiglernen von festen Wendungen [„Tagesschau-Phänomen“: Zwei Drittel jeder Nachricht bestehen aus festen Versatzstücken; man weiß immer schon, wie der Sprecher den Satz beenden wird]; bewußte Vorstellung der gesprochenen Situation; etc.). Achten Sie bei der langsamen Version darauf, daß nach jedem Satz oder jeder Sinn-Einheit eine kurze Pause bleibt, die dem Schüler die Möglichkeit gibt, das Gehörte zu rekapitulieren oder zu kommentieren oder auch nur nachklingen zu lassen.

Die schnelle Version soll der Schüler einmal bewußt hören (Gewöhnung an normales Sprechen), andererseits aber immer wieder nebenbei dudeln lassen, wenn er z.B. häusliche Tätigkeiten verrichtet, spazieren geht oder ähnliches. Hierbei prägen sich unbewußt Sprachmelodie, Sprechrhythmus und grammatische Strukturen ein, ähnlich wie beim Spracherwerb des Kleinkindes.

Den Schülern, die an den Hörtexten interessiert sind, überspielen Sie die Kassette auf einem Doppelkassettengerät. Die Schüler bringen ihre Kassetten natürlich selbst mit.

Bieten Sie die Kassetten als zusätzliche Lernhilfe an, die die Kinder freiwillig in Anspruch nehmen können.

Texte verstehen – Unbekanntes klären

1. TAG

VIER SCHRITTE ZUM ERFOLG

Dieser erste Teil im Umgang mit einem Text (abgesehen von der Organisation einer Kassettenaufnahme) gliedert sich in vier Arbeitsschritte.

Diese vier Schritte sind:
a) alle unbekannten Vokabeln anstreichen
b) die unbekannten Vokabeln nachschlagen und aufschreiben (auf ein Blatt oder auf Karteikarten)
c) den Text übersetzen
d) den Text inhaltlich verstehen und nacherzählen

Je nachdem, wie lang der Text ist (und wie groß Deine Lust), kannst Du diese Arbeitsschritte nacheinander anwenden entweder

- auf den gesamten Text oder
- auf einen Teil des Textes (Abschnitt/Absatz).

DEIN TRAININGSPROGRAMM

Warte, bis Ihr im Unterricht ein neues Lesestück beginnt.
Wenn Du Glück hast, werden die obengenannten vier Schritte bereits im Unterricht erledigt. Dann arbeite aktiv mit, damit sie auch für Dich erledigt sind!
Führe an diesem Tag zu Hause – egal, ob ihr es in der Schule gemacht habt oder nicht – **wenigstens für einen Absatz** die obengenannten Schritte aus.
Du findest dazu unten noch Erläuterungen.

a) alle unbekannten Vokabeln anstreichen

Kreise alle Dir beim ersten Lesen unbekannten Wörter vorsichtig, aber deutlich sichtbar mit Bleistift ein. Nimm einen weichen Bleistift, der leicht zu radieren geht. Denn wenn Du Dein Buch von der Schule bekommen hast, wollen auch noch viele Schüler nach Dir mit dem Buch arbeiten.

b) die unbekannten Vokabeln nachschlagen und aufschreiben (auf ein Blatt / auf Karteikarten)

Schlage zunächst im Vokabelverzeichnis der Lektion nach und übertrage die

dortigen Vokabeln auf Dein Blatt oder die Karteikarten. Dann brauchst Du beim Übersetzen nicht immer hin- und herzublättern.
Wenn jetzt noch unbekannte Wörter vorhanden sind, so sind sie schon in einer früheren Lektion vorgekommen, und Du hast sie vergessen. Schlage diese Wörter im alphabetischen Register am Ende des Schulbuches nach. Schreibe auch sie auf Karteikarten!
Findest Du die unbekannten Vokabeln auch hier nicht, frage Deine Eltern oder Klassenkameraden.

c) den Text übersetzen

Übersetze anschließend den Text. Du kannst ihn je nach Belieben nur mündlich übersetzen oder aber Du übersetzt schriftlich.
In diesem Fall übersetzt Du am besten so, daß die fremdsprachliche Wortstellung erhalten bleibt:

Gallia omnia est divisa in partes tres....
Gallien ganzes ist geteilt in Teile drei...

So findest Du Dich automatisch in Grammatik und Satzstellung der Fremdsprache ein. Und ulkig ist es auch, so zu übersetzen.

d) den Text verstehen und nacherzählen

Lies Dir Deine Übersetzung noch einmal durch. Weil viele Leute beim Satz-für-Satz-Übersetzen nicht mehr auf den Zusammenhang der ganzen Geschichte achten, verlieren sie den roten Faden und haben keine Ahnung, was eigentlich in der Geschichte passiert. Außerdem können sich beim Satz-für-Satz-Übersetzen leicht Fehler einschleichen, die die Geschichte unsinnig machen. So habe ich einmal die lateinischen Wörter „liberi – die Kinder“ und „libri – die Bücher“ verwechselt, was dazu führte, daß eine Frau Kinder verbrannte statt Bücher. Und da ich mir den Text nicht noch einmal insgesamt durchgelesen habe und mir dieser Unsinn dann aufgefallen wäre, hatten meine Schulkameraden am nächsten Tag auch noch ihren Spaß!

Wende diese Schritte am ersten Tag der neuen Lektion mindestens auf einen Absatz an!

Training Aktives Zuhören

1. TAG

Um den großen Nachteil, die Zielsprache nicht im entsprechenden Land zu lernen, wenigstens ein bißchen auszugleichen, kommt es für Dich sehr darauf an, die Texte, die Du im Unterricht durchnimmst, so oft wie möglich zu hören und selbst nachzusprechen. **Dies gilt ausdrücklich auch für Latein!**

Wenn Du über eine Kassette verfügst, auf die Dein Lehrer Dir den Text langsam und mit Pausen draufgesprochen hat, hast Du verschiedene Möglichkeiten, mit dem Gehörten umzugehen.

Grundsätzlich kannst Du Deine Aufmerksamkeit lenken
1. auf die Sprache
2. auf den Inhalt

1. KONZENTRATION AUF DIE SPRACHE

Wenn Du Dich auf die Sprache selbst konzentrieren möchtest, kannst Du folgendes tun:

a) Die Sprachmelodie und den Sprechrhythmus einüben

Achte beim Hören genau auf die Satzmelodie (Steigen und Fallen der Stimme) und den Sprechrhythmus (Geschwindigkeit, Sprechpausen, langgesprochene Wortteile, Verkürzungen etc.). Höre Dir zunächst den ganzen Text an, dann gehe beim zweiten Durchgang Satz für Satz vor.
Hierbei wiederholst Du den ganzen Satz oder Teile des Satzes. Schalte Dein Gerät am besten in den Sprechpausen ab.
Dieses Wiederholen wird natürlich schnell langweilig, deshalb mein Tip: Übertreibe bei der Wiedergabe!
Benutze für die Übung die „schnelle" Kassette!

b) Die Aussprache einüben

Du kannst auch bloß einzelne Wörter wiederholen, deren Aussprache Dir schwierig erscheint oder deren Aussprache sehr stark von der Schreibweise abweicht. **Benutze hierfür die „langsame" Kassette. Wiederhole Deine Zielwörter in den Sprechpausen zwischen den Sätzen!**

c) Grammatische Strukturen identifizieren

Du kannst auch einfach bestimmte grammatische Satzelemente wiederholen, z.B. immer nur das Subjekt und das Prädikat. Oder auch größere Teile, wie z.B. Relativsätze im Lateinischen: Pueri, **qui vocabulos discunt**, a parentibus laudabuntur. (Die Jungen, **die Vokabeln lernen**, werden von den Eltern gelobt werden.)

Solches Nachsprechen bestimmter grammatischer Strukturen führt zu deren besserer Einverleibung.

Benutze auch hierfür die „langsame" Kassette.

ÜBUNGSPROGRAMM

2. TAG

Höre Dir die schnelle Kassette an. Achte darauf, wie der Text gesprochen wird /wie Melodie und Rhythmus sind. Wiederhole entsprechend selbst.

ÜBUNGSPROGRAMM

3. TAG

Höre Dir unter Mitlesen im Buch die langsame Kassette an und achte auf Wörter, die Dir schwer auszusprechen scheinen oder die wesentlich in der Aussprache von ihrem Schriftbild abweichen. Sprich diese Wörter laut nach, nachdem Du sie gehört hast.

ÜBUNGSPROGRAMM

4. TAG

Achte beim Zuhören auf die Satzstellung oder die grammatischen Strukturen, die gerade in der Lektion gelernt werden sollen. Spreche auch sie einfach nach, indem Du bei Wiederholung eines Satzes genau die betreffenden Wörter laut betonst.

2. KONZENTRATION AUF DEN INHALT

5. TAG

a) Einfach zuhören

Du kannst Dir einfach die „schnelle" Kassette anhören und versuchen, den Inhalt mitzubekommen. Es ist normal, daß Du bei der richtigen Sprechgeschwindigkeit anfangs nur einzelne Wörter verstehst. Aber nach mehreren Lektionen wird Dein Verständnis mehr und mehr wachsen. So bist Du später für einen Besuch des Landes bestens gerüstet!

Aufgabe:
Höre Dir jeden Tag mindestens einmal das aktuelle Lesestück aus dem Schulbuch auf der „schnellen“ Kassette an.

b) Szenen vorstellen

Versuche das, was Du gerade gehört hast, Dir vor Deinem geistigen Auge vorzustellen. Wenn Du z.B. einen Text hörst, der ein Gespräch wiedergibt, stelle Dir die sprechenden Personen vor, wie sie aussehen, welche Bewegungen sie machen, welche Kleider sie tragen. Wenn der Text ein Sachtext ist, z.B. die Beschreibung einer Planwagenfahrt in der amerikanischen Prärie, dann versuche, die Landschaft zu **sehen**, Geräusche zu **hören**, Dich **hineinzuversetzen in die Gefühle** der beschriebenen Personen.

Benutze hierfür die „langsame“ Kassette; erst, wenn Du fortgeschritten bist und die normale Sprechgeschwindigkeit gut mitkriegst, solltest Du die „schnelle“ Kassette verwenden!

Aufgabe:
Mache diese Übung jetzt gleich einmal. Lies Dir den Text durch (wenn Du keine Kassette hast) oder höre Dir die Kassette an und versuche, Dir das Geschehen im Text als Film vor dem geistigen Auge vorzustellen. Überlege, welche Gefühle die Personen im Text haben.

6. TAG

c) Sätze kommentieren und mitspielen

Du kannst auch das Gehörte einfach mit eigenen Kommentaren auf deutsch oder in der Fremdsprache versehen oder das Wesentliche eines Satzes schauspielerisch darstellen. Hier hast Du viel Freiheit, die Texte entsprechend zu veralbern. Auf jeden Fall kannst Du so Dein Hörverständnis auf lustvolle Weise verbessern.

Hier ein Beispiel, wie Du das machen könntest. Wenn Du vielleicht wenig Lust auf Deine Fremdsprache hast, kannst Du einen Text ja als alter Griesgram schnodderig kommentieren. So läßt Du Deinen Frust ab, lernst dabei noch und gewinnst letztlich Spaß! Auf der nächsten Seite findest Du ein Beispiel.

Beispiel:	Kommentar:
The Nusbaumers had emigrated to New York from Germany only a few months earlier.	So, so, denen gefällt's wohl nicht in Deutschland!
Louis had a job,	Warum haut er denn dann ab?
but he was not making much money.	Ach so, deshalb!
If he could find gold, they would be rich!	Das wäre ich auch gerne!
And the gold was there,	Where?
on the ground, in the rivers, they had heard!	Don't trust what people tell you!
Anybody could find it!	(sich bücken, dabei rufen:) Ooh, gold!
The only problem was getting to California.	Stark nachdenkliches Gesicht machen.

Aufgabe:

Diese Form des Kommentierens oder Nachspielens erfordert von Dir zweierlei Dinge:

1. Phantasie und
2. Mut und Selbstüberwindung

Beides kannst Du nach und nach lernen.
Deshalb gehe wie folgt vor:
1. Lies Dir heute erst mal in Ruhe Deinen Text durch und überlege ruhig, **wie** Du kommentieren könntest oder was Du durch Schauspielerei **zeigen** könntest.

7. TAG

2. Höre den Text auf der „langsamen" Kassette an und setze Deine Überlegungen aus 1. in die Tat um!

Den Text selber sprechen

INTONATION, GESTIK UND MIMIK

I. TAG

Der häufige Gebrauch der Fremdsprache führt zu

- einer sicheren Kenntnis des Wortschatzes
- einer besseren Einübung der Grammatik
- einer flüssigeren Sprechweise
- einem gesteigerten Selbstvertrauen
- einer flexibleren Anwendung der Sprache

Sprache lebt vom Sprechen. Je öfter Du die Zielsprache benutzt, um so selbstverständlicher wird sie für Dich. Zur Sprache gehört aber mehr als nur bloßes monotones Reden:
Die eine Sache ist, was Du sagst, z. B.: „**Der Kuchen schmeckt lecker.**" Die andere Sache ist es, **wie** Du es sagst. Erst dadurch wird deutlich, wie Du das, was Du sagst, tatsächlich meinst.

Intonation

Betonst Du z.B. das Wort **Kuchen**, so meinst Du vielleicht, daß die Cola nebendran scheußlich schmeckt. Betonst Du das Wort **„Der"**, so schmeckt Dir möglicherweise ein zweiter Kuchen auf dem Tisch überhaupt nicht. So kannst Du durch die Betonung verschiedener Worte Deinen Sätzen ganz unterschiedliche Bedeutung geben. Dieses Benutzen der Stimme nennt man **„Intonation"**.

Mimik

Vielleicht aber sagst Du den Satz „Der Kuchen schmeckt lecker", **verziehst aber dabei Dein Gesicht**, als ob Du in eine Zitrone beißt. Dieses **Spiel des Gesichtes** nennt man **„Mimik"**, und diese Mimik sagt sehr viel darüber aus, wie Du einen Satz meintest. In diesem Fall meint der Sprecher jedenfalls genau das Gegenteil von dem, was er sagt.

Gestik

Oder beim Sprechen des Satzes **ziehst** Du **den Kuchen zu Dir heran** oder **reibst Dir genüßlich den Bauch**. Dadurch zeigst Du, daß Dir der Kuchen tatsächlich schmeckt. Diese Sprache der Arme oder Beine nennt man **„Gestik"**.

Das Sprechen wird zum Erlebnis

Intonation, Mimik und Gestik machen das Sprechen erst lebendig. Ein Zuhörer kann **nur** aus Deiner Mimik, Gestik und Intonation schließen, wie Du einen Satz wirklich meinst. Entscheidend ist deshalb nicht so sehr, was Du sagst, sondern **wie** Du es sagst.

Mit Intonation, Mimik und Gestik sind alle Sinne beteiligt, und plötzlich wird das Sprechen interessant und witzig, das Lernen wird viel einfacher.

Das laute Sprechen / Lesen Deiner Schulbuchtexte bringt Dir eine Menge Vorteile:

- Du prägst Dir die Wörter und Sätze viel besser ein
- Du verbesserst entscheidend Deine Aussprache
- Du hast ungeheuer viel Abwechslung beim Lernen
- Du förderst Deinen Sprechfluß
- Du wirst Dich mehr mündlich beteiligen
- Du wirst Deine Noten verbessern
- Du gewinnst an Selbstsicherheit
- Du wirst mutig und selbstbewußt

ÜBUNGEN ZUR INTONATION

Überlege Dir jetzt, welchen Sinn der Satz unten bekommt, wenn Du jeweils ein anderes der fettgedruckten Wörter betonst. Schreibe Deine Überlegung unten hin.

I heard from **my neighbour** that **a cat** had **tried to kill his guinea pigs.**

Ich hörte von meinem Nachbarn, daß eine Katze versucht hätte, seine Meerschweinchen zu töten.

Welchen Sinn bekommt der Satz bei Betonung von

I	**ich** hörte es **höchstpersönlich**
heard	er hat mir keinen Brief geschrieben, ich habe es **gehört**
my	______________________
neighbour	______________________
cat	______________________
had	______________________
tried	______________________
kill	______________________
his	______________________
guinea pigs	______________________

2. TAG

ÜBUNG MIT DEM SCHULBUCH

Nimm Dir einen aktuellen Text aus Deinem Französisch-, Latein- oder Englischunterricht vor.
Übersetze ihn zunächst, damit Dir der Sinn klar wird.
Lies ihn dann unterschiedlich betont und mache Dir jeweils den Sinn klar.

3. TAG

MIT DER STIMME STIMMUNGEN ERZEUGEN

Durch die Betonung lenkst Du die Aufmerksamkeit auf das, was der Zuhörer besonders wahrnehmen soll.
Du kannst aber zusätzlich durch den Gebrauch der Stimme alle möglichen Gefühle und Stimmungen zeigen – und auch beim Zuhörer erzeugen.
Du kannst außerdem die Bedeutung der Wörter durch die Art, wie Du sie aussprichst, darstellen.
(Z. B. sprichst Du das Wort „lang“ sehr gedehnt, während Du das Wort „kurz“ eben sehr kurz und zackig sprichst.)

Hier sind einige der Möglichkeiten, mit Sätzen/Wörtern/Buchstaben zu spielen (sprich die Vorschläge laut aus):

- lautmalerisch strecken oder kürzen — (z.B. **schweben** lang sprechen, **stürzen** ganz kurz)
- laut oder leise sprechen, zwecks Lautmalerei oder um ein Geheimnis kundzutun — (**krachen** und **schreien** laut. Man hat **Gold** gefunden: **Gold** flüstern)
- Sätze anschwellen oder abschwellen lassen, um Spannung zu erzeugen oder wegzunehmen — (**Er fiel aus dem 10. Stock – und nichts passierte:** die erste Satzhälfte **an**schwellend die zweite **ab**schwellend sprechen)
- Sätze und Wörter schnell oder langsam sprechen — (Er **raste** um die Ecke – und ging dann **gemütlich** weiter)
- Sätze/Wörter/Buchstaben hoch oder tief sprechen — (Die Sonne **scheint** – und ich bin **betrübt**)

- Pausen beim Sprechen machen, um Spannung zu erzeugen, Absätze, Situationsänderungen, wechselnde Schauplätze usw. zu verdeutlichen

Ich habe alle Vokabeln gelernt und **(Pause)** ...eine „Eins" bekommen!

Natürlich kannst Du jede Betonung einzeln verwenden oder kombinieren. Mit diesen Techniken kannst Du einen Text auf einfache Weise interessant machen.

Aufgabe:
Nimm Dir einen aktuellen Text aus Deinem Französisch-, Latein- oder Englischunterricht vor.
Übersetze davon maximal einen Absatz, damit Dir der Sinn klar wird.
Überlege Dir jetzt bei Deinem ausgewählten Text zuerst stumm, welche der obengenannten sechs Möglichkeiten Du wo im Text anwenden kannst.
Sprich den Text anschließend mit den entsprechenden Hervorhebungen.

SPRECHEN IN DER EIGENEN STIMMUNGSLAGE

Ebenso hast Du die Möglichkeit, einen ganzen Text in einer einzigen Stimmungslage oder Situation zu sprechen:
im Berichtsstil (wie ein Nachrichtensprecher), ärgerlich, herrisch, freudig, überheblich, sensationslüstern, monoton im Gebetsstil, traurig, als Seemann bei Windstärke 12, als großes Geheimnis, in Robotersprache, weinerlich, ...was Dir noch alles einfällt.
Probiere einmal aus, einen Absatz eines Schulbuchtextes in einer dieser Stimmungslagen zu sprechen.

EIN GANZ HEISSER TIP

Suche Dir eine Partnerin, mit der Du gemeinsam einen Text auf Kassette besprichst (am besten einen Text, in dem zwei Leute miteinander reden). Das baut nicht nur Hemmungen ab, sondern ihr werdet einen Heidenspaß dabei haben und aus dem Lachen nicht mehr herauskommen. **Gemeinsame Aufnahmen kannst Du auch mal mit Deinen Geschwistern und Deinen Eltern machen, vielleicht als Abwechslung zu Fernsehabenden?!**

Einsatz von Gestik und Mimik

5. TAG

WAS DU ZEIGEN KANNST

Wahrscheinlich hast Du schon automatisch beim lauten Lesen und Sprechen Deine Mimik und Gestik eingesetzt, um Deine Stimmungen auszudrücken.
Im Alltag benutzt Du ja ohnehin Gestik und Mimik.
Versuche zusätzlich, soviel wie möglich aus dem Text durch Gestik und Mimik darzustellen:

- deute durch entsprechende Körperbewegungen zum Beispiel Gegenstände an
- zeige Größen und Entfernungen
- gib die Stimmungen und die Gestik und Mimik von Personen aus den Lesestücken wider
- überlege Dir zu einzelnen Wörtern bestimmte Gesten und mimische Ausdrucksweisen
  (z.B. „nicht“ eine abwehrende Hand, „aber“ ein erhobener Zeigefinger)

Aufgabe 1:

Schaue Dir ein Comic-Heft an (Mickey Mouse, Asterix oder sonstwas).
Die Comic-Figuren unterstreichen das, was sie sagen, immer durch Gestik und Mimik.
Dadurch erfährst Du ihre Stimmung.
Spiele jetzt diese Comic-Szenen nach!

Und wenn die Comic-Figur ihre Stimmung „unnatürlich" zum Ausdruck bringt (so zeigt Asterix seine Stimmungen oft durch die Bewegung der Flügel an seinem Gallier-Helm), überlege bitte, wie **Du** mit **Deinen** Mitteln diese Stimmung rüberbringen kannst.

EINSATZ VON GESTIK UND MIMIK

6. TAG

Aufgabe 2:

Nimm Dir im Schulbuch einen Dialog vor.
Schlüpfe in die Rolle einer Person hinein.
Stelle Dir ihre Bewegungen, ihr Gesichtsspiel vor.
Lies die Rolle der Figur und spiele die Bewegungen von Körper und Gesicht mit!

Aufgabe 3:

7. TAG

Einen Sachtext mit Bewegung unterlegen.

Beispiel:
„The Nusbaumers had emigrated to New York
from Germany
only a few months earlier.
Louis had a job,
but he was not making much money.
If he could find gold,
they would be rich!"

Überlege Dir anhand eines Schulbuchtextes (nimm Dir wieder nur einen Absatz vor), wie Du die einzelnen Sinneinheiten der Sätze mit Bewegung unterlegen kannst.

8. TAG

ÜBEN VOR DEM SPIEGEL

Am besten stellst Du Dich vor einen Spiegel, wenn Du Deine Schulbuchtexte liest.

So hast Du einerseits eine ständige Kontrolle, ob Dir Deine Mimik / Gestik gefällt, oder wo Du sie noch verbessern kannst.
Andererseits hast Du dann automatisch einen Gesprächspartner. Hinzu kommt, daß es anfangs wohl kaum etwas Unangenehmeres gibt, als sein eigenes Spiegelbild vor sich zu sehen. Genau das aber stärkt Dein Selbstbewußtsein. Denn wenn Du später vor anderen Leuten sprichst, ist das gar nicht mehr schlimm, weil Du ja schon viel Übung hast – und das mit der weit unangenehmeren Situation vor dem Spiegel.

Lustig wird's, wenn Du mit einem Klassenkameraden oder anderen Leuten vor dem Spiegel gemeinsam übt.

Den Text mehrfach nebenbei anhören

NEBENBEI HÖREN – UNBEWUSST LERNEN

9. TAG

Je frischer der Text ist, umso häufiger solltest Du ihn Dir anhören.
Wenn ihr also gerade mit der Lektion begonnen habt, höre Dir den Text 1–2 mal am Tag an. Höre richtig hin, so als ob Du einem Gespräch zuhörst, und versuche, alles zu verstehen.
An den folgenden Tagen hörst Du Dir die Kassette ca. 3–5 mal täglich an. Du machst dabei hauptsächlich etwas anderes, aber im Hintergrund läuft die Kassette mit der Zielsprache. Höre jetzt die normale, schnelle Sprechgeschwindigkeit. Dein Gehirn nimmt die Sprache auch auf, obwohl Du gar nicht aktiv hinhörst. So lernst Du unmerklich und ohne Anstrengung weiter.
Wenn Du einen Walkman hast, kannst Du die Kassette z.B. beim Busfahren, Spazierengehen, Einkaufen usw. hören. Achte darauf, daß Dein Walkman Außengeräusche – z.B. Autos!! – durchläßt und Du nicht „taub" durch die Gegend rennst.

Zu Hause kannst Du sie beim Dösen, Essen, Basteln, Malen, Spielen usw. hören.

Kapitel 5: Spiele mit der Vokabelkartei

BRETT VOR DEM KOPF

Material: Tesafilm, Vokabelkarten (Substantive); **Spieler:** 2–8

Jeder Spieler sucht aus der Vokabelkartei ein Substantiv aus und hält die Karte bedeckt.

Diese Karte wird nun einem anderen Mitspieler mit Tesa so an die Stirn geklebt, daß alle anderen die Karte lesen können, nur der Spieler selbst nicht.

Der Spieler **ist** nun der Gegenstand, der auf der Karte steht. Er muß nun durch Fragen herausfinden, wer oder was er ist. Auf englisch könnte er etwa fragen: Am I bigger than an apple?

Dabei geht die Runde so vor:

Die Fragen dürfen nur mit „ja" oder „nein" beantwortet werden.

Solange die Fragen mit „ja" beantwortet werden, darf der Spieler weiterfragen. Ist eine Frage nicht eindeutig mit „ja/nein" zu beantworten, wird die Frage einfach zurückgewiesen (we can't answer this question / respondere non possumus). Zum Beispiel ist die Frage „Bin ich groß?" nicht eindeutig zu beantworten, da „groß sein" ja sehr unterschiedlich gemeint sein kann. Ein Mann ist gegenüber einem Zwerg groß, aber würde man das noch vom Mann behaupten, wenn er neben einem Riesen steht?

Ist eine Frage falsch gestellt, weil man gar nicht mit ja/nein antworten kann (z.B.: Welche Farbe habe ich?), so wird einfach „beep" gesagt.
Beim „Nein" oder „Beep" ist der nächste Spieler dran.

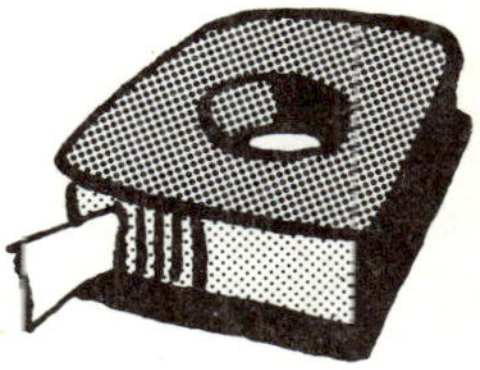

KIM-SPIELE

Material: Vokabelkarten; **Spieler:** 3–20
KIM-Spiele sind Spiele, bei denen an einer gegebenen Situation etwas verändert wird. Es gilt nun für den Spieler, diese Veränderung herauszufinden.
Du kannst hier folgendermaßen spielen:
Suche ca. 20 Vokabelkarten zusammen, die irgendwie zusammengehören, zum Beispiel 20 Verben, Substantive, Adjektive, Konjunktionen oder Wortfelder zu verschiedenen Themen (Fortbewegung; Zimmereinrichtung; Liebe; Tiere; was auch immer).

Alle Spieler gucken sich die Karten an und versuchen sie sich zu merken.
Der Spielleiter schickt dann die anderen hinaus und nimmt nun eine Karte weg oder legt eine andere Karte, die nicht zum Wortfeld paßt, hinzu. Wer von den anderen Spielern zuerst die Veränderung benennt, darf als nächstes Spielleiter sein.

Variation

Gegenstände aufstellen, einen wegnehmen. Die Spieler müssen ihn in der Fremdsprache benennen.

WHIRLPOOL

Material: Vokabelkarten; **Spieler:** 1–20
Von einem Stapel wird eine Karte gezogen. Aus den Buchstaben des Wortes müssen nun neue Wörter aus der Zielsprache geschaffen werden.
Beispiel „headmaster": heat; her; steam; meat; read; mate; dream; team; tea; made; star; usw. usw.
Welcher Spieler die meisten Wörter gefunden hat, bekommt einen Punkt. Bei Streitigkeiten: Nachschlagen im Wörterbuch.

Auch als Solo-Spiel geeignet!

SCHARADEN

(Variationsmöglichkeiten siehe unter Abfrage-Spiele zu zweit)

Material: Vokabelkarten; **Spieler:** 4–20

Es werden zwei oder mehr Teams gebildet. Jedes Team bestimmt einen Vorführenden. Das erste Team zieht nun mehrere Substantive/Adjektive aus einem Stapel ausgewählter Karten. Dem Schauspieler der zweiten Gruppe wird die erste Karte gezeigt. Er muß nun das Wort nachspielen, während die Gruppe es erraten muß. Eine Spielrunde dauert 3 Minuten. Soviele Wörter die Gruppe erraten kann, so viele Punkte erhält sie.

Nach den drei Minuten ist die andere Gruppe mit Raten dran.

Variationen

Scharade: nur Schauspielern; nichts sagen

Montagsmaler: nur als Bild aufmalen (hier empfehlen sich auch Redewendungen)

Dingsda: Das Wort umschreiben (in der Zielsprache); es selbst aber nicht nennen

Verhör: Die Gruppenteilnehmer fragen in der Zielsprache; Spieler darf nur mit ja/nein antworten (oder weiß nicht/ falsche Fragestellung): Maximal 15 Fragen dürfen gestellt werden (hier eignen sich zur Erleichterung Vokabeln aus einem Gebiet, z.B. farming; household etc.).

HANGMAN

Material: Vokabelkarten, Stift/Papier oder Kreide/Tafel; **Spieler:** 3–20

Das gute alte Galgenmännchen: Der erste Spieler zieht eine Karte (oder denkt sich selbst ein Wort aus, das alle kennen) und macht auf dem Papier nur so viele Striche, wieviele Buchstaben das Wort enthält.

Die anderen Spieler rufen nun Buchstaben. Kommen die Buchstaben im Wort vor, so werden sie auf den entsprechenden Strichen eingetragen. Sind sie nicht enthalten, gibt es einen Strich am Galgen.

Wenn jemand lösen möchte, meldet er sich und sagt: „Ich möchte lösen". Rät er falsch, scheidet er für diese Runde aus. Rät er richtig, darf er das nächste Wort anschreiben.

Variation

Jeder darf der Reihe nach einen Buchstaben sagen. Lösungsberechtigt ist immer nur, wer gerade dran ist.
Dieses Vorgehen empfiehlt sich vor allem bei kleinen Gruppen bis 5 Spielern.

DIE UNENDLICHE GESCHICHTE

Material: Vokabelkarten. **Spieler:** 1–20
Auf dem Fußboden werden eine Menge Vokabelkarten (je nach Spielerzahl mindestens 20–50) ausgebreitet.
Der erste Spieler nimmt eine Karte auf und beginnt, den ersten Satz einer Geschichte zu erzählen. In seinem Satz muß natürlich das gezogene Wort auftauchen. Die zweite Spieler nimmt sich eine Karte, wiederholt den ersten Satz des Mitspielers, und spinnt die Geschichte fort unter Benutzung des eigenen Wortes. Und so macht das Spiel die Runde, bis alle Karten aufgebraucht sind. Jeder Mitspieler wiederholt erst die ganze bisherige Geschichte, ehe er seinen eigenen Teil dazu beiträgt.

VOKABEL-MEMORY

Wie Memory funktioniert, weißt Du sicherlich.
Du kannst auch Vokabel-Memory spielen.
Da Du Deine Karten ja nur einseitig beschrieben hast, hast Du schon alle Spielvorbereitungen getroffen...

VOKABEL-HOCHZEIT

(zu zweit oder auch alleine)
Auch hierzu brauchst Du einseitig beschriftete Karten.
Nimm Dir ca. 30–40 Kartenpaare, trenne die Paare und mische alles wild durcheinander. Dann führe wieder die passenden Karten zusammen.

„MENSCH-ÄRGERE-DICH-NICHT-AKTIONSSPIEL"

Material: Vokabelkarten, Würfel/Halmakegel, Mensch-Ärgere-Dich-nicht-Spielfeld (oder selbstgemaltes Spielfeld); **Spieler:** 4–6

Das Spiel wird gespielt wie Mensch-Ärgere-Dich-nicht.
Allerdings mit einigen Ergänzungen:
Die Felder des Spielbrettes werden in vier verschiedenen Farben markiert. Entsprechend dieser Farben werden vier Stapel Vokabelkarten auf das Feld gelegt. Je nachdem, auf welches Feld ein Spieler kommt, muß er eine bestimmte Aufgabe lösen, die sich aus der Farbe des Feldes und dem dazugehörigen Stapel ergibt.

Vorschläge für die verschiedenen Stapel und die damit verbundenen Aufgaben:

1. beliebige Karten
   Aufgabe: Spieler muß einfach die Bedeutung des Wortes kennen;
   oder: Spieler muß aus den Buchstaben des Wortes mindestens 3 neue Wörter bilden.

2. Adjektive
   Aufgabe: Spieler muß in der Zielsprache das jeweilige Gegenteil nennen;
   oder: Spieler muß die Steigerungsformen nennen.

3. Substantive
Spieler muß drei Karten aufnehmen und spontan eine Kurzgeschichte erzählen, in der die drei Wörter vorkommen. Bedingung: Zwischen der Erstnennung der Wörter muß jeweils mindestens ein Satz liegen;

oder: Spieler muß bestimmte Kasus bilden (Latein!) oder den Plural;

oder: Spieler muß 2 Karten ziehen und die beiden Dinge vergleichen (is bigger/louder/heavier than).

4. Karten mit ganzen Sätzen
Spieler muß den Satz schauspielerisch nachspielen und nachsprechen.

5. Karten mit den Stichworten verschiedener Genres (Liebe; Western; Krimi; Horror; Science Fiction;Tier)
Spieler muß mindestens 1 Minute lang eine entsprechende Geschichte erzählen.

6. Karten mit Befehlen/Aufforderungen (Jump up and down, fetch the paper basket; shout loud...)
Spieler muß Befehle ausführen.

7. Karten mit Verben
Spieler muß einen Satz (in Ich-Form) formulieren mit dem Verb, wobei die Augenzahl des Würfels die Zeit angibt (1 = Präsens; 2 = Imperfekt; 3 = Futur; 4 = Perfekt; 5 = Plusquamperfekt; 6 = Futur II).

8. Karten mit Konjunktionen (und; oder; weil; daß; obwohl; so daß; aber; wenn; usw.)
Spieler muß entsprechenden Satz bilden.
(Hier kann der Spieler parallel vom Substantiv-Stapel drei Wörter ziehen und sie mit der Konjunktion verbinden.)

Grundsätzlich läßt sich auch hier zu jedem grammatischen Thema, das gerade in der Schule behandelt wird, eine aktuelle Spielfassung entwickeln.

Abfragespiele zu zweit oder mit mehreren Personen

Die folgenden Vorschläge sind für den Fall gedacht, daß jemand da ist, der Dich die gelernten Vokabeln abfragen kann (ein Mitschüler, Geschwister, Eltern), oder wenn Du mit mehreren Freunden zusammen spielst.
Normalerweise laufen Wiederholungen und Vokabelüberprüfungen ja in der Weise ab, daß Dir die zielsprachliche Vokabel genannt wird und Du dann die deutsche Bedeutung sagen mußt. Das geschieht häufig genug noch mit einem Unterton, als ob Du vor Gericht stehen würdest.

Hier einige Vorschläge, wie solche Wiederholungen interessanter gestaltet und mit einem höheren Übungsnutzen versehen werden können. **Allen Übungen gemein ist, daß kein einziges deutsches Wort geredet wird** .

Die Voraussetzung für alle folgenden Spiele ist, daß Dein Partner einige Karteikarten aus der Kartei zur Wiederholung entnommen hat.

ENDLOS-GESCHICHTEN

Material: beliebig viele Vokabeln
Dein Partner legt Dir die erste Karte hin (wahlweise zielsprachliche oder deutsche Seite). Du beginnst jetzt, mit der Vokabel als Stichwort, eine Geschichte zu bilden. Ein, zwei Sätze zu einer Vokabel reichen.
Dann kommt die nächste Karte, und Du spinnst die Geschichte fort.
Bevor Du die Geschichte mit dem neuen Wort weitererzählst, wiederholst Du immer zuerst die bisherige Geschichte.
Du erzählst soviel wie möglich in der Zielsprache; was Du nicht wörtlich ausdrükken kannst, versuchst Du durch Gestik und Mimik, durch Aufmalen usw. auszudrücken. Du darfst kein deutsches Wort reden!
Dein Partner allerdings übersetzt jeden Satz von Dir ins Deutsche, um zu überprüfen, ob er Dich richtig verstanden hat!

Diese Übung erhöht die Kreativität, das Ausdrucksvermögen und damit letztlich Deine Selbstsicherheit und Dein Selbstbewußtsein!

SINNENSPIEL

Dein Partner wählt wieder Karteikarten aus.
Entsprechend den ausgewählten Vokabeln präsentiert Dein Partner diese auf unterschiedliche Weise; Du mußt **in der Zielsprache** jeweils erraten bzw. kreativ darstellen, was gemeint ist.
Sicherlich dauert diese Art der Wiederholung länger als einfaches Abfragen, aber der Gewinn an Lerneffekten, Spaß und letztlich das durch die Übungen gesteigerte Selbstbewußtsein machen diese Art der Wiederholung lohnenswert.

Montagsmaler

Er malt die Vokabeln als Bilder, Du mußt über die Bilder erraten, was gemeint ist.
Variante: Dein Partner zeigt Dir die zielsprachliche Vokabel, und Du mußt – ohne etwas zu sagen – ein Bild dazu malen.

Scharade

Er stellt die Vokabeln pantomimisch dar.
Variante: Dein Partner zeigt Dir die zielsprachliche Vokabel, und Du stellst sie pantomimisch dar.

Orchester

Er macht passende Geräusche zur Bedeutung der Vokabeln.
Variante: Dein Partner zeigt Dir die zielsprachliche Vokabel, und Du mußt ein Geräusch dazu machen. So zeigst Du, ob Du die Vokabel wirklich verstanden hast.

Tuchfühlung

Er hat die Gegenstände bereitgestellt, und Du mußt sie durch Fühlen, bei verbundenen Augen, ertasten.

Chaos

Er hat die entsprechenden Gegenstände (oder Bilder dazu) gesammelt, Du mußt alle benennen können.
Variante: Er hat die Karteikarten zu den Gegenständen gestellt, leider aber falsch zugeordnet. Deine Aufgabe ist es, die Karten richtig zuzuordnen.

Dingsda
Dein Partner umschreibt die Vokabel, ohne sie zu nennen. Du mußt sie durch die Beschreibung erraten. Am besten wäre es, Dein Partner beschreibt die Vokabel in der Zielsprache.
Variante: Dein Partner zeigt Dir das zielsprachliche Wort, und Du mußt es umschreiben, natürlich in der Zielsprache.

Kuddelmuddel
Dein Partner hat die Vokabeln (Zielsprache – deutsche Übersetzung) als Liste auf ein Blatt geschrieben. Leider ist mal wieder alles durcheinander geraten. Deine Aufgabe ist es, hier wieder Ordnung zu schaffen.
Variante: Wenn Du mit einseitig beschrifteten Kartenpaaren arbeitest, kann Dein Partner auch einfach die Kartenpaare falsch mit den Büroklammern zusammenheften!

Verhör
Du mußt durch gezielte Fragen, die nur mit ja oder nein beantwortet werden können, herauskriegen, welche Vokabeln Dein Partner in der Hand hat. Frage soviel wie möglich in der Zielsprache, wenn Dein Partner diese Sprache auch versteht. Das Lösungswort sagst Du auf alle Fälle in der Zielsprache.

Rückenschreiber
Setze Dich auf einen Stuhl und beuge Dich nach vorne. Dein Partner schreibt Dir nun ein deutsches Wort auf den Rücken, Du mußt es auf englisch/französisch oder was auch immer sagen. Dieses Spiel geht natürlich auch umgekehrt: Dein Partner schreibt das fremdsprachliche Wort auf Deinen Rücken, und Du sagst die Antwort.

Weitere Spiele zu zweit

TEMPO TEMPO

Material: Vokabelkarten; **Spieler:** 1–20

Eine beliebige Menge Vokabelkarten wird auf den Boden gelegt, zwischen 20 und 50 Stück.
Jeder Spieler geht nun die Karten möglichst schnell der Reihe nach durch und sagt dabei die Bedeutung der Wörter/Sätze, die auf den Karten stehen.
Für nicht gewußte oder falsch übersetzte Karten gibt es fünf Strafsekunden.
Spielst Du allein, kannst Du jeweils die Zeit stoppen und sie über mehrere Tage hinweg eintragen. Du wirst sehen, daß Du allmählich schneller wirst (was für Vokabeltests ja hilfreich ist.)

Variationen

1. Bei mehreren Spielern können auch zwei oder drei Spieler ein Team bilden und die Karten entweder gleichzeitig oder immer im Wechsel übersetzen.

2. Du kannst das Spiel auch hin und zurück spielen.
   Dabei werden zunächst alle Karten mit der Zielsprache nach oben gelegt. Wenn Du sie übersetzt, werden sie umgedreht, mit der deutschen Seite nach oben. Bist Du die Reihe durchgegangen, dann geht es jetzt rückwärts, dabei mußt Du vom Deutschen in die Zielsprache übersetzen.

A LA CARTE

Material: Vokabelkarten, Tesa, Poster/Bilder

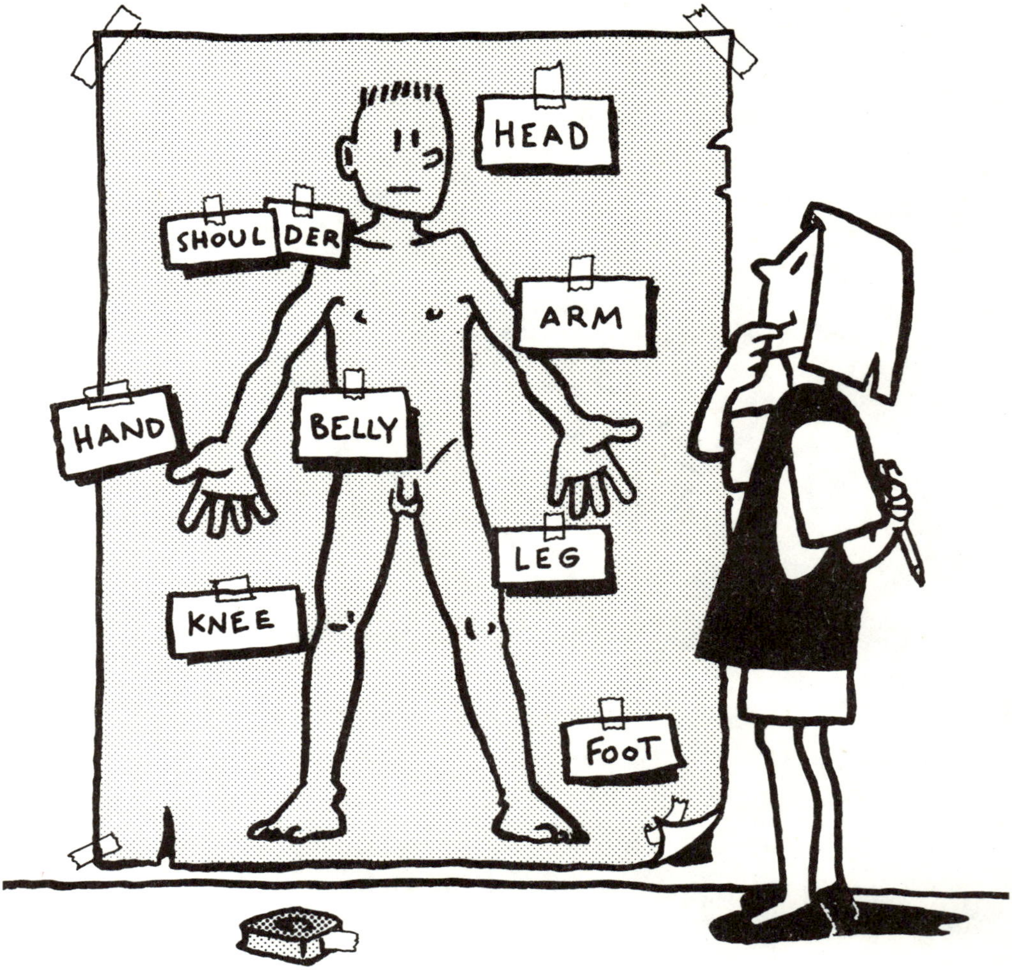

Damit Du die Vokabelkarten ständig vor Augen hast, kannst Du sie überall in Deinem Zimmer oder im ganzen Haus / in der ganzen Wohnung hinhängen. Dieses Verfahren eignet sich besonders für hartnäckige Vokabeln, die Du immer wieder vergißt. So wirst Du ohne besondere Anstrengung einfach im Vorbeigehen ständig an die Vokabeln erinnert.

Variation

Entsprechend der Erkenntnis, daß sich geordnete Wortfelder leichter einprägen: Du kannst auch Poster nehmen und sie entsprechend bekleben. Um die verschie-

denen Körperteile zu lernen, eignen sich z.B. BRAVO-Poster, für Klamotten Mode-Anzeigen, für Tiere entsprechende Poster aus Tier-Zeitschriften.
Du kannst natürlich auch selbst Poster herstellen, indem Du Bilder aus Zeitschriften schneidest oder selber malst.
Jeweils nach 3–4 Tagen kannst Du die Karten wechseln bzw. wieder abhängen.

ETIKETTEN

Du kannst auch ganz gezielt Karten an die Gegenstände heften, deren Name auf den Karten steht. Also z.B. die Karte mit „the wall" an die Wand und die Karte „the cup" an die Tasse.
Wenn Du Karten irgendwo anklebst, nimm leicht und rückstandslos entfernbares Tesa, damit es keinen Ärger mit Muttern gibt, wenn Du ihre Wohnzimmereinrichtung dekorierst.

Variation

ETIKETTENSCHWINDEL

Die Karten werden an Gegenstände geheftet oder danebengestellt, nur ist leider alles falsch! Eine nette Art, Vokabelkenntnisse zu überprüfen. Noch spannender wird es, wenn einige Karten richtig hängen, andere aber falsch.

Außerdem: Wie wäre es, wenn Ihr Euch zu Hause mal einen Tag lang nur in einer Fremdsprache unterhaltet? Was Ihr nicht in der Fremdsprache ausdrücken könnt, müßt Ihr dann durch Gestik, Mimik und Laute hinkriegen...Viel Spaß!

Kreisspiele

Anwendung: Alle Gebiete der Grammatik und des Wortschatzes
Ziel: Durch vielfältige Kombinationen den Gebrauch der Sprache/der Grammatik einüben.

Spieler: 3–6
Material: Vokabelkarten aus dem Vokabelkasten, 1 Würfel, Halmakegel (pro Kreis einen)

Grundprinzip:

Es werden mindestens zwei Kreise mit Vokabelkarten gelegt.
Der erste Kreis wird aus **sechs** Karten gelegt, auf denen z.B. **Verben** stehen.
Der zweite Kreis wird aus **neun** Karten gelegt, auf denen z.B. **Substantive** stehen.
Auf jeden Kreis wird ein Halma-Kegel gesetzt.

Ein Spieler beginnt nun zu würfeln.
Entsprechend der Augenzahl zieht der Spieler den Halmakegel. Aus den getroffenen Wörtern gilt es nun, einen Satz zu bilden.

Dabei gibt die Augenzahl des Würfels an, in welche Person das Verb zu setzen ist:
Augenzahl 1 = 1. Person Singular (Ich)
Augenzahl 2 = 2. Person Singular (Du)
usw.

Beispiel Latein:
Es wurde vereinbart, die Verbformen des Präsens Indikativ Aktiv zu bilden.
Kommen die Kegel auf den Wörtern „discere“ (lernen) und „lingua“ (die Sprache) zu stehen, und hat der Spieler die Zahl „vier“ gewürfelt (1. Pers. Plural, „wir“), so muß der Satz heißen:
linguam discimus = Eine Sprache lernen-wir.

Kontrolle/Klärung von strittigen Sätzen:

Ist ein Vorschlag strittig, versucht Ihr, die Frage selbst zu klären. Gelingt dies nicht, wird der Lehrer zu Rate gezogen.

VARIATIONEN

I. Die Anzahl der Kreise:

Wichtig hierbei ist, daß jeder Kreis mindestens drei Karten mehr enthält als der jeweils vorhergehende. So vermeidest Du, daß der Halma-Kegel immer die gleichen Wortpaare trifft.

Beispiele:

Kreis	Wortart	Zweck
1. Kreis (6 Karten):	Verben	zur Prädikatsbildung
2. Kreis (9 Karten):	Substantive	zur Bildung des Akkusativ-Objekts
3. Kreis (12 Karten):	Zeitkarten	legen Tempus fest
4. Kreis (15 Karten):	Adjektive	um sie dem Akk.-Objekt anzufügen

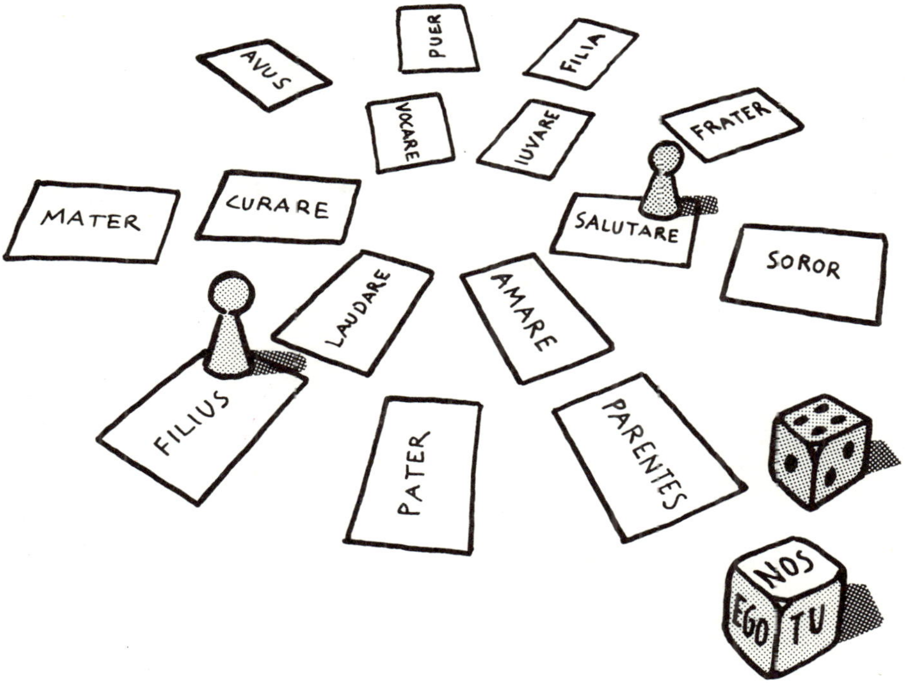

2. Die Vorbedingungen ändern:

Vor Spielbeginn festlegen, welche grammatischen Formen gebildet werden sollen.

Angenommen, es liegen drei Kreise mit Adjektiven, Substantiven und Verben. Jetzt kannst Du die Spielbedingungen festlegen:

1. Es soll nur das Präsens gebildet werden.
2. Es sollen nur verneinte Sätze gebildet werden.
3. Das Akkusativ-Objekt soll nur im Plural benutzt werden.
4. Die Adjektive sollen nur im Superlativ („gut" – am besten) benutzt werden.

Bei der Auswahl der Bedingungen und der Karten darauf achten, daß beides zueinander paßt.

Wenn z.B. alle Sätze ins Passiv gesetzt werden sollen, nur Verben auswählen, die auch tatsächlich ins Passiv gesetzt werden können (to run = rennen wäre hier also unbrauchbar).

3. Grammatik-Karten ins Spiel bringen:

Karten, die festlegen, in welcher Zeit der Satz gebildet werden soll.

Karten, die festlegen, ob der Satz ins Aktiv oder Passiv soll.

Karten, die festlegen, in welchen Kasus/Numerus ein Wort gesetzt werden soll (wichtig in Latein).

Karten, die die Satzform (Frage, Aussagesatz, verneinter Satz, Nebensatz mit „weil, obwohl, trotzdem", Relativsatz etc.) festlegen.

Du hast mit Sicherheit genügend Phantasie, um selbst die passenden Herausforderungen in diesem Spiel zu stellen.

FRANÇAIS
LATEIN
ENGLISH

DER AUTOR

Wilfried Helms, Jahrgang 1959, war Gymnasiallehrer und leitet seit 1990 in Marburg die MIND UNLIMITED-Ferienkurse „Das Lernen lernen". Über 1000 Schüler haben an diesen Kursen bereits erfolgreich teilgenommen. Der Autor führt regelmäßig Tageskurse für Eltern, Schüler und Lehrer zu Themen wie „Besser motivieren – weniger streiten", „Vokabeln lernen – 100% behalten", „Konzentration ist lernbar" usw. durch.

DURCHSTARTEN IN

Deutsch

für die 5. Schulstufe
ISBN 3-85303-014-9

für die 6. Schulstufe
ISBN 3-85303-015-7

für die 7. Schulstufe ☆
ISBN 3-85303-044-0

Mathematik

für die 5. Schulstufe
ISBN 3-85303-018-1

für die 6. Schulstufe ☆
ISBN 3-85303-046-7

Englisch

für die 5. Schulstufe
ISBN 3-85303-016-5

für die 6. Schulstufe
ISBN 3-85303-017-3

für die 7. Schulstufe ☆
ISBN 3-85303-045-9

Französisch

für das 1. Lernjahr
ISBN 3-85303-019-X

☆ **erscheint im Herbst 1995**

KERLE

ca. 160 Seiten mit Lösungsheft durchgehend witzig und farbig illustriert

MIND unlimited LERNHILFE

Hausaufgaben erledigen
konzentriert – motiviert – engagiert
5. bis 10. Klasse
ISBN 3-85303-020-3

Vokabeln lernen – 100% behalten
Die erfolgreichen Tips zum Fremdsprachenlernen
5. bis 10. Klasse
ISBN 3-85303-021-1

Klassenarbeiten erfolgreich bestehen
Das Programm für gute Noten im Schriftlichen
5. bis 10. Klasse
ISBN 3-85303-041-6

Besser motivieren – weniger streiten
So helfen Sie Ihrem Kind – aber richtig!
4. bis 10. Klasse
ISBN 3-85303-040-8

ca. 110 Seiten durchgehend farbig illustriert

Fit fürs Gymnasium ■
Die neuen Herausforderungen erfolgreich bewältigen
ISBN 3-85303-043-2

Mehr melden – Selbstsicherheit gewinnen ■
Das Programm für gute Noten im Mündlichen
5. bis 10. Klasse
ISBN 3-85303-042-4

■ **erscheint im Herbst 1995**

KERLE

Ferienkurse für Schüler „Das Lernen lernen“

Spaß in den Ferien – Mehr Erfolg in der Schule

DIE NEUE FERIENIDEE
Erholsame und spannende Ferien mit gleichaltrigen verbringen – und gleichzeitig die schulische Erfolgsspirale auslösen.

MIND UNLIMITED – FERIENKURSE
Schule soll wieder Spaß machen.

- Training Lernmethodik
  Konzentration
  Motivation
  Mehr melden
  Lerntechniken
- Training Rhetorik
- Rechtschreibtraining
- Training in den Hauptfächern

- und:
  Reiten; Surfen
  Rudern; Bogenschiessen
  Tennis, Ski fahren
  ...und vieles mehr

Ferienkurse für Schüler „Das Lernen lernen“

Spaß in den Ferien – Mehr Erfolg in der Schule

DIE NEUE FERIENIDEE
Erholsame und spannende Ferien mit gleichaltrigen verbringen – und gleichzeitig die schulische Erfolgsspirale auslösen.

MIND UNLIMITED – FERIENKURSE
Schule soll wieder Spaß machen.

- Training Lernmethodik
  Konzentration
  Motivation
  Mehr melden
  Lerntechniken
- Training Rhetorik
- Rechtschreibtraining
- Training in den Hauptfächern

- und:
  Reiten; Surfen
  Rudern; Bogenschiessen
  Tennis, Ski fahren
  ...und vieles mehr

Karten bitte entlang der Linien ausschneiden und unfrankiert in den nächsten Briefkasten werfen. Absender bitte eintragen.

Mein Absender:

____

____

____

Tel.: ____________________

bitte ankreuzen

Ja, ich interessiere mich für Ihr Programm.
Schicken Sie mir bitte kostenlos und unverbindlich

- ◯ Ihren Prospekt „Ferienkurse Das Lernen lernen"
- ◯ Informationen zu Sprachreisen in England und Frankreich
- ◯ Informationen über Wochenendkurse für Schüler/Eltern/Lehrer

Gebühr zahlt Empfänger

Rückantwort

MIND UNLIMITED

Gutenbergstraße 19

D 35037 Marburg

Mein Absender:

____

____

____

Tel.: ____________________

bitte ankreuzen

Ja, ich interessiere mich für Ihr Programm.
Schicken Sie mir bitte kostenlos und unverbindlich

- ◯ Ihren Prospekt „Ferienkurse Das Lernen lernen"
- ◯ Informationen zu Sprachreisen in England und Frankreich
- ◯ Informationen über Wochenendkurse für Schüler/Eltern/Lehrer

Gebühr zahlt Empfänger

Rückantwort

MIND UNLIMITED

Gutenbergstraße 19

D 35037 Marburg